Easy
輕鬆學

Easy
輕鬆學

6個月學會任何一種外語

How to Learn any Language in 6 Months

3,000萬人證實有效 ///
國際語言學權威教你超速學習，
半年從不敢開口到流暢表達

Chris
Lonsdale
龍飛虎／著

目錄 CONTENTS

第5章　學外語必備的 7 種心理素質

第6章　商務外語就是「日常外語＋＋」

好評推薦

「在《6個月學會任何一種外語》中，令我印象深刻的部分是作者提到應該將外語當作『溝通工具』，而非『學科』，即我們不能將學習外語的最終目的設定為『通過考試』或『拿到證照』，而是應將外語當作與他人交流的『橋梁』。因此學習時要從單字片語的『功能』出發，並把『形式』放到後面再學，先學習有溝通功能、跟自己有關聯的語句，比起直接學形式上的內容（例如句構、單字形態變化），更能讓我們學好外語。書中有許多融合語言學、心理學的概念，顛覆我們以往求學時的學習模式，此外也有許多學外語的心法和建立新習慣的步驟可以幫助自己調整，雖然不可能完全適用於每個人，但我認為讀者仍可以此做為參考，並找到適合自己的一套學習模式。」

—— 77 楊珮琪，IG 韓文學習帳號「77 的韓文筆記」創辦人、韓文自學書作者

「6個月內能學會任何語言？過去的我可能會不以為然，不過在接觸了語言習得的科學後，我發現學習方法其實有好壞之分。龍飛虎老師是自學而成的多語者，他所提出的學習方法都與我熟悉的語言習得觀念不謀而合，讓我聽得不停點頭。掌握方法與確實執行，6個月開口說外語的確不再遙不可及哦！」

—— Chen Lily，英語教學 YouTuber

　　「從事語言教學工作 20 年，國內所有和語言學習方法討論相關的書我幾乎都讀遍了，龍飛虎老師的這本《6 個月學會任何一種外語》，最為扎實、可執行。龍飛虎老師自己比母語者還要流利的中文，就是最有說服力的證明。『欣賞自己已經會的』、『掌握心理狀態』、『先認識含義，再學會單字』是我認為多數習慣過度自謙、以及極度信仰背誦單字的台灣學習者最迫切需要的三個單元。花幾百元把這本書讀通，你可以省下好幾萬元無效努力的語言課程。」

——游皓雲，多語教學專家、

《懂語感，無痛學好任一種外語》作者

　　「如果有人說學習可以速成，我一定會說他胡謅，甚至認為騙人的成分居多。如果有人說學語言只要 6 個月，我更認為是天方夜譚，我們學英文都學了至少 10 年，依舊沒啥長進，但這本書竟然說服我了，我想我會用 6 個月來賭看看，你要一起試試嗎？」

——鄭俊德，閱讀人社群主編

　　「切身關己、當作工具、理解含義、動嘴練習、調整心態。若能把握這 5 項原則，以及書中的 7 種實際做法，你也能輕鬆學會任何一種外語。」

——謝伯讓，台灣大學心理系副教授

前言
把外語變成運用自如的工具

　　你決定讀這本書令我感到很高興，主要原因是，當你讀完這本書，消化完書中的概念，轉化成自己能使用的思維，你就會在外語學習上有巨大的突破。我寫這本書的目的，是儘量說明理解語言心理的核心原則，因此你絕對有能力調整自己的學習方法，取得最理想的外語學習效果。

　　為了不讓你失望，我也必須先說清楚這本書的特點。首先，華語不是我的母語，所以你有時候可能會感到我的思維、寫法跟華語母語者有所不同。我的這種思維是我成功學外語的一個因素，雖然和你以前學過的東西有所差異，但你越能了解這個思維，你的外語就會學得越成功。

　　還有，我不會提到多數外語學習方法的書所強調的概念，或者我會直接否認。我主張自然規律，你越能理解和運用自然規律，你就越能成功。所以，在這本書裡，我不會教你如何背單字，因為背單字是不正確的學習方法。

　　你從 0 歲開始學華語，沒背過單字，但你還是把自己的母語掌握得很好。

　　我不會教你如何運用國際音標，因為國際音標是古董，會阻礙學習，而且英語母語者根本不會用國際音標來學英語，既然如此，

學英語的時候，為什麼要用這個來學呢？隨著現今的高科技發展，我們有更合適、更有用的學習工具。

這本書也不會教你如何分析文法，特別是不會囉哩囉嗦地從「子句」、「介詞」等方面說明外語文法。要掌握好文法，必須走另外一條路。我不會教你「某某領域的 500 句」那種東西，因為當你學會 100 個單字時，已經能說超過 1 萬句話了。把外語學好，不依賴背長句，學外語的核心是掌握如何每次開口創新！

我也不會說「商務英語」或「職場英語」是特殊類型的英語，更不會讓你完全忽視日常英語而只學職場英語。因為當你還沒掌握好英語的核心技能和內容時，學了職場英語也很難記住，甚至沒辦法獨立使用。英語是這樣，其他外語也是如此。

我不會教你如何一步登天、一蹴可幾，因為這些不實際。我自己 6 個月內從零把華語學得很好，這絕對不是一下子就能成功的事，我是踏踏實實經過了必須經過的階段，這種自然規律是不可以跳過的！當然，速度可以加快很多很多，但還是有許多必經的步驟，絕對不能缺少。

如果你只想背單字、分析文法、準備國際音標考試、學外語一步登天等，那麼這本書可能不是你需要的，但它有機會幫助你解決更核心的問題。

在本書中，你能學到什麼？

你會掌握如何提高外語的真本事，如何把外語變成你既喜歡、又能運用自如的工具。你也能學會很多關於學習心態的寶貴知識，這些除了幫助你掌握外語，也會在你的人生中有非常大的用途。你會學到怎麼管理自己的狀態、自己的本能、如何發揮潛力。當然，你也能學會面對外語的最正確態度、思維和方法。我會教你怎麼使用自然規律，以此提高你的外語學習效果和效率，把你想要的外語學習成效拿到手！

還有兩點必須先提醒。首先，在讀這本書時，你會發現很多時候我說的不是語言的問題，而是在說心理問題、思維問題、價值觀問題、生理問題、文化問題、肢體語言的運用、自我管理問題等。你也許會覺得這些話題跟外語學習扯得有點遠，看似沒什麼關係。但我必須說，這些全部就是掌握外語的核心問題！舉個例子，我認識一個英語學習者，他不但運用本書的學習法，也花了很多時間在自我成長上，每隔3個月見面一次，他就好像換了一個人，他的思維、做事的耐力、溝通技巧等都在大幅度地提高。

他剛開始學英語的時候學得很慢，記不住單字，經常受挫，不敢開口用英語溝通。可是，隨著他的信心和其他方面技能的提高，他學英語的速度也越來越快，溝通能力越來越棒！他今天的英語能力已經很好，雖然用英語溝通的水準離英語母語者還有一點距離，可是現在他已經掌握了如何使用英語，遇到不認識的單字也會積極面對，他願意「玩」發音，說話時根本不怕丟臉。現在，英語對他

9

來說是一個非常好用的溝通工具，他到世界任何地方肯定能用英語生活得很好！

我們需要吸取的教訓是，為了學好外語，我們必須注意其他方面的技能和自己的綜合素質，其中包括心理素質、自我調整能力、自我管理能力、注意力的品質及管理等。要快速順利地學好外語，需要一個人的整體素質非常好，所以在這本書裡，我也會利用我多年從事心理研究及心理輔導的方法和經驗，儘量分享如何提高跟外語學習有關的整體素質，以便大家注意這些方面的重要性。

另外，你讀這本書時，一定會發現我的寫法比較口語，書面語的華語比較少，這是故意的。我的目的是廣泛地與任何想學好外語的華語母語者溝通，並幫助大家克服學好外語的困難和障礙。為了達到這個目的，我必須寫得簡單又直接，這樣才能讓最多人吸收，並且把書中的概念變成自己的工具——因為好懂，所以容易把這些方法真正變成自己的行動。

如果寫得太深奧，肯定無法達到核心目標。還有，我也是用實際行動向大家示範，為了掌握任何語言，我們需要用已經會的詞彙和說法來表達自己的意思。不要為了「優美」而去用那些我們還沒掌握的語言，因為那樣做就是把學習搞得又慢又彆扭；不如拿出自己已經會的，好好組織，把意思表達清楚。我會的中文只有這麼多，所以我的中文就這麼寫，我只希望把意思表達清楚，給你帶來非常有用的價值！

第 1 章

任何人都擁有
學好外語的潛能

　　看到《6 個月學會任何一種外語》這個書名，你可能很難一下子接受。就像一百多年前，大家認為沒有人可以在 4 分鐘內跑完 1,600 公尺一樣，認為這是一個神話。

　　英國賽跑運動員羅傑‧班尼斯特爵士（Roger Bannister），經過對人們生理原理和訓練方法的多年研究，於 1954 年 5 月 6 日，親自打破了這個全世界人們心目中的神話。從那以後，人們逐漸從心理上接受了一個事實，就是人只要經過合適的訓練，能夠在 4 分鐘內跑完 1,600 公尺。如今，世界各地越來越多專業運動員和中長跑業餘愛好者，都相繼打破了 4 分鐘的神話，紐西蘭田徑運動員約翰‧沃克（John Walker）突破 4 分鐘的紀錄有

▲ 語言能力和跑步一樣可以透過訓練而進步。

135 次，而美國的史蒂夫‧斯科特（Steve Scott）突破 4 分鐘的紀錄有 136 次。目前的世界紀錄保持者是摩洛哥的運動員希沙姆‧格魯傑（Hicham El Guerrouj），他跑 1,600 公尺只需要 3 分 43 秒。

　　今天，無數長跑愛好者的成績告訴我們：任何一個普通人，只要經過合適的訓練，並突破自己在體能方面和心理上的一些障礙後，都能創造驚人的成績。而這個現象不只限於長跑，縱觀人類活動的各項領域，人類和不同文化的發展，都來自於不斷突破曾經不可跨越的障礙，打破一個又一個新紀錄。

　　學語言也不例外。雖然大多數人都以為外語很難學，或者學外

語很慢、很痛苦，但其實學外語就和跑步一樣，只要方法用對了，不僅可以享受超越自己的愉悅感，也能在學習過程中創造奇蹟。本書要跟大家分享的觀點和方法，就是快速學會外語的原則、行為、方法、技巧和心理戰術。使用這些科學方法，任何人都能在 6 個月內學會一門外語。就像人可以在 4 分鐘跑完 1,600 公尺一樣──這是可以做到的，因為，你具備 6 個月從零開始學會外語的潛能。

你學習外語的潛能超乎你的想像

首先，請你回想一下，你出生時是什麼狀態。剛出生時，你會說華語嗎？當然不會。而你出生後的頭幾年，沒有專業老師教你華語，但是短短幾年內，你已經可以把華語說得很好。在這之後，從基本程度開始，你的華語一天比一天好，到了今天，你的華語已經達到非常了不起的程度。這個結果告訴我們，每一個人出生後，大腦有自然「吸收」語言的本能。因此世界上的每一個人，包括你在內，都是語言天才。

這種本能不只是孩子有，成年人也有。麗莎（Lisa）今年 62 歲，她的孩子早已移民到國外，為了將來有機會和孫子、孫女進行交流，她覺得自己必須懂一些外語，她的情況和許多同齡人相似，就是從來沒有接觸過任何外語。麗莎剛開始聽外語時，當然是聽不懂，但學了幾天後，她逐漸發現一個很有趣的現象：雖然她聽不懂意思，但是她聽得出發音，偶爾會從嘴裡說出來一些單字，例如「beer」、「water」或「want」，有時她會忽然說出「eleven」或「good

idea」。真奇怪，雖然不完全記得這些單字的意思，但它們還是會自動從腦子裡跳出來。

你有沒有注意到，聽不同外語的時候，你好像能夠聽出來不同的單字，你不一定知道單字的意思，但起碼你可以聽到一個個的聲音「單元」。這是非常奇妙的現象，這種現象甚至比當前的任何電腦還厲害。對！世界上最先進的電腦至今還不能達到這個程度，因為語言的聲音連續不斷，很難知道該在什麼地方畫線斷開，因此電腦很難把兩個單字分開。人腦則完全能夠做到這件事，而且當你聽到同一句話很多次之後，你會發現自己越來越容易把單字和片語聽得更清楚。

從另外一個角度看，更可以證明你是語言天才。二十多年前，我剛到中國時，有一天我收到了一封信，這封信來自我大學母校的心理學教授。信中說當年心理學研究已經證明了，成年人學外語的速度可以比孩子更快。大多數人聽到這個研究結果時，都會感到不可思議。因為多數人都親眼見過或體驗過，他們的經驗告訴自己：成年人學外語很吃力，許多人好像沒辦法把外語學好，而他們的孩子卻能很快就學會同樣的外語。

心理學的研究結果為什麼與大眾的認知不一樣呢？其實，答案很簡單，在新的語言環境裡，孩子用於吸收外語的時間和注意力遠比父母要多。成年人要解決生活問題，所以很難把足夠的時間和注意力放在學習外語上；反而孩子們要交朋友、玩耍，在這些過程中自然具備了「吸收」外語的必備條件，孩子總是會給外語足夠的時間和注意力。簡單來說，孩子不是學得比成年人快，他們只是付出

了更多有品質的注意力。

你可能還需要一點時間才能消化前述的概念，你可能還在懷疑自己的能力，你也可能想問，如果自己有語言天賦，那為什麼學外語「好像」那麼難？

外語學不好不是你沒天分

在這裡我以英語為例，當你想起自己過去學英語的經驗時，我相信你能找到很多原因，來說明自己為什麼沒有學會。總體而言，你應該會覺得英語沒學好是因為英語非常難；你也許經常和自己說，英語沒學好是因為你沒有語言天賦，或者沒有一個好的英語學習環境；也許你認為沒學會英語是因為你以往不夠認真或不夠勤奮。

我能告訴你，所有這些所謂的「原因」都不準確，都是錯的！例如，如果你想學開車，而你的老師整天在教室裡，要你記住車子零件和螺絲的名稱，你認為學習的過程會怎樣呢？老師強迫你「必須」把注意力放在這些東西的名字和不同零件之間的前後順序上，否則就沒辦法學會開車。你認為用這種方法，你要學多少年才可以學會開車呢？我相信，10 年、20 年都不一定有辦法。學英語也是一樣，如果你下功夫背單字、分析文法等，你就是在違背你的語言天賦和自然學習規律，因此會感到痛

▲ 想像一下，學開車時要學所有零件會多麼沒效率。

苦，學習進度會非常緩慢。這種錯誤過程導致的自然結果，就是你會認為自己做不到。

再來一個值得思考的例子吧，現在我要給你一個任務，這個任務需要你每天花好幾個小時，做這個任務的同時，你會感到非常受挫，甚至有時候會感到痛苦。想要掌握這個任務的技能，速度會非常慢，你用 10 年的時間，可能只能掌握 1％左右。你會怎樣看待這個任務呢？是否很容易默默從心底最深層相信，你練一輩子都沒辦法掌握好這個技能？更重要的是，你對這種任務有興趣嗎？如果要我接受這種任務，我肯定沒興趣，幹麼要把自己的生命浪費在那種吃力又沒進展的事情上？

想想英語學習吧，尤其想想那些經常接收到的英語學習「流言」，例如英語有單字書，而且必須一個一個背下來才算會；或英語有很多不規則之處，必須先一個一個記住，然後才能用得非常準確；或你需要每天花很多時間在十分無聊的練習題上面，根本沒機會用英語傳達有意義的資訊；或你需要學會完整的英語文法結構才能說英語；或你需要多年依靠英文課本，幾乎沒機會聽到英語，完全沒機會實際使用英語。總而言之，關於學習英語，你接收到的所有資訊都告訴你，你每天會花上很多時間，但是你的進步將會很慢或接近零，因此你學習的過程既痛苦、效率又低，你學了 10 年、20年還是不怎麼會說英語，更沒辦法聽懂外國人說話。這樣你還會堅持下去嗎？不放棄才怪！

可是，上述所有要求和規則都是錯的！它們都是「流言」，沒有任何科學的依據。很多真正的科學實驗結果已經告訴我們，學英

語或任何外語可以快速、順暢、好玩！我可以說，到目前為止沒學會外語不是你的錯，只是你用過的方法不正確，你學習外語的思維是錯的！在那麼多錯誤的思維和方法之下，學不會外語是必

▲ 你做得到。

然的結果，而且這個結果不是你的錯，因為整個社會都帶著錯誤的觀點，使用著錯誤的方法。不只在華語圈，這是全球的問題。全世界不同國家和社會，對於學外語的理念和方法 95％以上都不準確。因此要解決大多數人的外語學習問題，必須從「方法」著手！

現在，你要把一句話放在心裡，好好記住：「一個大腦健全的成年人，完全有能力在 6 個月內從零開始掌握任何一種外語！」

是的！再來一次……

一個大腦健全的成年人，完全有能力在 6 個月內從零開始掌握任何一種外語！

阻礙你學好外語的 2 個錯誤觀點

比錯誤的學習方法更嚴重的問題是，人們普遍堅持的錯誤觀點，這些觀點讓人選擇了錯誤的方向，從而導致放棄學習的結果。很多人因為聽到這些觀點，所以覺得自己沒戲唱，因此就「判決」自己一輩子學不會外語了──因這種觀點放棄是很自然的。

世界上，關於外語學習有兩個非常常見的錯誤觀點：一是有語言天賦的人才能學會外語，二是到國外待一段時間就能學會外語。假如你接受了第一個觀點而至今還沒學會外語，那麼你心裡會相信，既然自己沒有語言天賦，學會外語就是不可能的事，在這種前提下，不放棄外語才怪。第二個觀點也一樣，如果你認為必須到國外才能學會外語，而你幾乎沒有去國外的機會，放棄也是很正常的。

好消息是，這兩個觀點絕對不正確。

錯誤觀點①：有語言天賦的人才能學會外語

阻礙外語學習的第一個「流言」是，為了學好外語，必須有非常好的語言天賦，否則學習就會很困難，甚至不可能學會。我自己本身沒有什麼特殊的語言天賦，上國中時，我學法語的速度非常慢，考試成績總是在班上最差的三分之一那群人裡，不管怎麼下功夫，我都覺得沒辦法提升自己。後來，尤其是發現了正確方法之後，情況就變了，我自然走進了越學越快的理想狀態。

柔依（Zoe）的故事更是讓我認識到，所謂「語言天賦」這個想法是不正確的。柔依是一個澳洲人，二十幾歲時，她參加一個跨國青年機構的成長計畫，從祖國搬到了荷蘭，目的是一邊獲取工作經驗，一邊學會荷蘭語。柔依出發時充滿熱情，她非常想把荷蘭語學會，從下飛機那天起，她每天想辦法學一些，可是學了一年也沒什麼進展，最後不得不以失敗告終。

那時候柔依對自己非常沒信心，越學越覺得自己一點語言天賦都沒有。同時，不只她自己覺得沒戲唱，周圍的荷蘭人好像也對她

有相同的評價。她回憶說，曾有幾次她想跟別人學一些荷蘭話時，總是感到對方的回應令她不悅，這些回應不僅有臉部表情和肢體語言的排斥，有人甚至直接用外語告訴她「你想學荷蘭語？這是不可能的」或「荷蘭語太複雜了，還是早點放棄吧」。經過兩年多，柔依已經徹底相信她沒有語言天賦，不可能學會外語，因此她決定放棄學習荷蘭語的想法。

後來，柔依有機會接觸到這本書中，我即將要跟大家分享的學會外語的方法。2008 年，柔依搬到巴西，她決定讓這個「沒有語言天賦的自己」使用這些方法再學一次外語。她在寄給我的信中說，她認真地用這些方法學葡萄牙語，很快地，她發現葡萄牙語並不難，而且她在 6 個月內從零開始學會說一口流利的葡萄牙語。更好的消息是，她被邀請進入巴西一家有名的跨國銀行工作，還因為在短短數個月內，從零基礎達到能用葡萄牙語在工作中溝通自如的程度，而引起了公司高層的注意，她因此被升為多元化發展部的總經理。

從柔依的故事，和其他許多類似的故事中，我們得知，所謂沒有語言天賦的人，只需要運用合適的方法，就能從「外語白痴」變成一位快速學會外語的成功者。

▲ 只要用對方法，就能找回學語言的自信。

錯誤觀點②：到國外待一段時間就能學會外語

　　不管我到哪裡，總會有人跟我說，自己沒學好外語的主要原因是沒有一個好的語言學習環境。他們的意思通常是說，沒有在國外住過，所以不可能把外語學會。可是，從前述柔依學習荷蘭語的經歷，你會發現，如果沒有科學系統的學習方法和良好的心理素質支撐，一個人到另外一個國家學外語，也很可能是沒有結果的。就像你會看到身邊很多外國人，他們來華語圈工作、生活了十幾年，還是一句華語都不會說。也有很多華語母語者移民到加拿大、美國、澳洲、紐西蘭……生活了二十幾年，仍然一句英文都不會講，道理是一樣的。

　　沒有方法地進入外國環境學外語，就像把一個完全不會游泳的人丟進大海去學游泳，結果可想而知。我用這個比喻的原因是，在完全不會一種外語的情況下，到國外工作和生活，就像不會游泳卻一下子跳進深水一樣！當自己的外語程度就像嬰兒一樣，每天要和當地的成年人在一起，在這種情況下，當地人通常不太理會「外來小孩」，他們會跟「自己人」說說笑笑，而「小孩」尤其難了解他們在說什麼。

▲ 聽不懂外語對話就像不會游泳的人被丟進水裡。

　　不知道你是否曾經發現，在華語的日常交流過程中，成年人經常會把不同詞語「黏」在一起，發音變得有一點模糊。再加上成年人時常會把明確完整的詞語或短句縮短（例如，「珍珠奶茶」會說成「珍奶」），如果

你不知道簡稱的來源，就很難明白那些人在說什麼。除了這種「模糊」的說話方式，成年人的話題經常會包括共同經歷過的事情和故事，還有對近期新聞、電視節目的評價，大家熟知的典故或比喻等，他們說話時不會說明背景，只會用一個詞，甚至一個字或一個表情，略略提到圈子內的人已經知道的事。除非你已經在這個圈子裡，並且對背景資訊很熟悉，否則你會完全沒辦法知道別人在說什麼。這個情形正如把一個不會游泳、也不知如何在水裡求生的人扔到深水裡一樣。

當然，在我們身邊也有很多外國人來到華語圈後華語進步很快，可能才短短幾個月時間，已經可以從完全不懂，進步到把華語說得很像樣，也有一些華語母語者到了國外一段時間後，學會了流利的外語。他們之所以能成功學會外語，是因為他們在方法上、心理上，多少採用了科學正確的外語學習模式。任何人使用本書其中一部分方法學外語，都可以或多或少獲得一些明顯進步。假如一個人在學外語的過程中，完全使用本書所提到的方法，就可以在 6 個月內從零開始學會外語了。

6 個月足夠掌握任何一種外語

我相信當你聽到這個主張——6 個月學會任何一種外語——你會有一點興奮，因為你可以想像到它能帶來的潛力和機會！你可以走遍世界，到處和不同國家的人交朋友，討論很多對你來說有意義的話題，你可以玩得痛快，學得更廣更深。

　　我也相信，在興奮的同時，你會對這個結論感到很不可思議。我能保證，「6 個月學會任何外語」這件事完全做得到。很多零基礎的學習者用 6 個月把外語學得很好，包括華語母語者學外語，其他國家的外國人學華語，也包括不同語言背景的人學其他外語，例如西班牙語、葡萄牙語、法語、日語等。在使用正確方法的前提下，一個大腦健全的人一定能達到這個結果。到底這個結果是怎麼來的呢？

　　首先，我們必須想清楚掌握外語的標準是什麼，否則你會對自己的學習結果過於苛刻，給自己添加不合理的要求，也會對學習結果有負面的影響。你必須明白，掌握一種外語的定義，不等於你比得上文字能力最強的母語者，也不等於你比得上最出色的表演者，要達到那種結果需要更長的時間。掌握好一門新語言也不等於你永遠不會說錯！母語者說話時都會出錯了，所謂「沒有錯」是不合理的要求，也是任何人都做不到的。所以，掌握一種外語的定義包括以下標準：

1. 你已經掌握了語言的最高頻率單字和片語，你能聽懂，也能自己獨立使用。在一門外語裡，掌握 1,000 個最高頻率詞語，就能完全滿足日常生活溝通所需的 85％，3,000 個高頻率詞語可以滿足日常溝通、工作及商務交流的 98％以上。

2. 你可以很自然地使用你已經會的單字和片語，來創造你想說的任何句子，溝通你想表達的意思。當然，有時你會找不到最確切和最巧妙的說法，但是你絕對有能力找到能用的詞來

表達你想說的東西。

3. 聽到陌生的單字時，你會輕鬆地請別人解釋給你聽。而在這個過程中，你有能力用外語來了解和接受一個新的概念。同時，你也有能力吸收這個概念帶給你的生詞。

4. 你的發音已經接近母語者。可能有的地方不是 100％一樣，但是這些絕對不會對你的溝通造成阻礙。

5. 你說外語的節奏、速度、輕重、停頓等，已經完全符合母語者的習慣，而且你說話時總是感到很自然。你也會很恰當地運用禮節和最普遍的感嘆方式來表現日常的「共鳴」，從而達到友好溝通的目的。

6. 你已經完全掌握了新的肢體語言的表達方式，包括一些臉部表情、不同手勢等。

7. 你已經建立了語感，知道哪些說法算是大家都認同的，也感覺得出來哪些說法有點偏離大家習慣的說法。

總而言之，你的語言水準會接近一位 18 歲的外語母語者，而且在這個基礎上，你能輕鬆自然地繼續「吸收」生詞、比喻、文化等。因此你能像母語者一樣，一步步地讓自己使用外語的能力越

▲ 若掌握了外語，程度會接近 18 歲的外語母語者。

來越強,並逐步把外語用得更精緻,溝通更豐富的資訊。

　　還有一個好消息,就是根本不需要考慮你最討厭的那些傳統低效的學習法,你絕對不用背大量單字,也不用專門分析文法,更不需要去做那些令人鬱悶的練習題。為了達到快速學會外語的目的,你只需要在學習時,使用那些符合人腦「吸收」外語規律的狀態和方法,這樣你的外語溝通能力就會自然提高,並逐漸實現溝通自如的效果!任何人都能享受用外語流利暢快地表達自己。接下來,你會了解更多成功者的故事和科學高效的外語學習思維及方法。

一個人做得到,所有人都做得到

　　在我近 20 年的研究工作中,一直圍繞著一個非常有趣的題目,就是回答一個問題——優秀人才的心智模式和所謂「天賦」,是否能複製到普通人的身上?我用了 20 年的時間來回答這個問題,並在研究的過程中發現,每一個技能的背後都涵蓋了幾個綜合因素,例如大腦、心理和生理因素等。這些因素就好像電腦的程式一樣,編碼在人體中,它們完全有規律可循,只要分析好這些程式,就可以把技能從一個人的身上複製到另外一個人的身上。

1. 每個人都能在 5 天內成為畫家!

　　幾十年前,美國一個叫貝蒂・艾德華(Betty Edwards)的畫家發現了畫畫技能的核心規律,並根據這些規律設計了培訓系統。至今,這個系統已經證明了很多人能在短短 5 天內從零開始學會畫畫。

根據她的研究結果，我們得知畫畫只需要 5 種感知的技能，包括能準確地察覺曲線，能看到所謂「白色空間」等。她的培訓系統每天只訓練一項技能，在 5 天內，任何一個原來不會畫畫的人，都能變得像一個素描功底深厚的人，為自己畫肖像畫。

這些方法和技能並不複雜，也不難，只是一定要先明白它的原理，然後好好練習即可。我參加過這個課程，所以可以親自驗證，一個極其「沒有畫畫天賦」的人，能在 5 天內擁有不可思議的進步，看看接下來幾幅圖片就會明白我所說的結果。

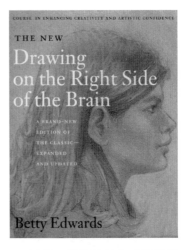

▲ 貝蒂‧艾德華著作《像藝術家一樣思考》。

▲ 一位學員正式上課前的最佳自畫像。

▲ 一位學員上課 5 天後的自畫像。

▲ 我正式上課前的最佳自畫像。

▲ 我上課 5 天後的自畫像。

從前面幾幅畫中,我相信你能略微領悟一個非常重要的道理,就是「一個人做得到,所有人都做得到」,只要你懂得那個祕訣,好好運用發揮即可。

2. 內心的網球

類似的事情也發生在運動教練領域。在 1970 到 1980 年代,有一位網球教練,名叫提摩西·高威(Timothy Gallwey),他發現了打網球的核心規律和心理程式。他用這些規律,在 10 分鐘內,教會了一位 55 歲的中年婦女打網球。即使這位婦女身體稍胖,從沒打過網球,她仍然可以從零開始掌握初步的打網球方法。

▲ 想像手裡的球拍也是自己「手」的一部分。

高威的核心規律就是,打球的人不能把任何注意力放在自己的姿勢或者網球拍怎麼拿,他要求打球的人想像手裡的球拍是自己長出來的「長手」,然後持續地用這隻長手把球送到對面去。

這種教法的好處是,立刻引發全腦和全身投入學習,因此提高了掌握規律的效率。最後,在這個基礎上,他教人如何調整姿勢和每一個動作的細節,逐步達到完美的境界。

3. 飛行員的眼神

你開過飛機嗎？假如我要你想像自己學習開飛機，你認為需要多長時間才能掌握這項技能呢？2年、3年還是5年以上？你是否會覺得自己一輩子都學不會呢？

多年前，我有機會認識了一位前美國空軍飛行員。一天晚上，我們一起喝酒時，我問他「怎麼駕駛飛機」？他很聰明，很快就有條有理地談到一些規律。我當時似懂非懂，感覺摸不著核心，所以，我叫他做個樣

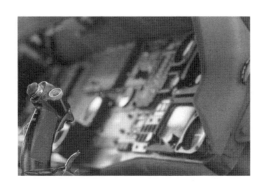

▲ 開飛機的關鍵在於心理狀態。

子給我看。他很快開始想像，感覺自己坐在飛機駕駛艙裡，手和眼的動作都好像他正在駕駛飛機，他的狀態完全變了。觀察他的身體狀態時，我突然間明白了，駕駛飛機的核心技能不是動作，而是一個特殊的心理狀態。

接著，我開始對「飛行狀態」的核心感到好奇。透過繼續觀察，我發現他的眼神很特別，好像什麼都不看，同時又什麼都在看。原來，飛行員的眼神需要同時看到270度，也就是說，要同時看到上下左右和前面的所有天空，並維持一種好像靜坐的輕鬆狀態。

幸運的是，第二天我有機會親自試一試那種狀態。在從他家開車回洛杉磯的路上，我經過了一個滑翔機廠。我將車子駛進去，請一位老師帶我飛上空中。半小時後，我在空中開始用前一個晚上飛

行員教我的「眼神」招數。這個方法真厲害！我以前沒有駕駛過飛機，但是一用這個方法，就可以立刻飛得不錯！我的老師以為我開過很多次飛機，當我告訴他這是我第一次飛行時，他不敢相信，詫異的眼神讓我更加有自信。

這些例子帶給我們一個非常重要的啟示，也就是說，只要掌握規律，跟隨規律去練習，一個人能做到的結果，任何人都能做到！用英語來說就是：「If one can, anyone can!」方法正確，就能很快解決大多數問題！所以，如果世界上有一個人能夠在半年內掌握法語、英語或其他語言，所有人都有可能做到同一個結果。只需要掌握核心的原則、規律和心態，堅持練習就一定能達到所謂「天才」的成果。

4. 他們都做到了！

上述所提及的概念不只是理論，已經有很多事實充分地證明了。接下來，我要分享幾則不同人的外語學習故事，這些人來自不同國家，他們有著不同的年齡，學會了不同的外語。有的是華語母語者學外語，有的是英語母語者學華語，也有其他不同母語的人，在半年內從零開始學會了葡萄牙語和西班牙語。這些人的共同點是，他們都運用了最自然、科學的學習方法，最終的成效都是很理想的。

❶ 我做到了！

先和各位分享一下我自己的故事吧，我曾經是一個學不會外語的人，卻在 6 個月內學會了普通話，然後學會了粵語。我能非常確

定地說，一個人完全可以在 6 個月內從零開始學會一種外語，因為我自己成功過，而且不只一次。通常，我和別人分享自己的故事時，他們的第一個反應是「你肯定有語言天賦」，可是我真的沒有。更準確的說法是，我的語言天賦不比其他人好，我過去好幾次學外語的失敗經歷能證明這一點。

例如念中學時，我學外語的經驗是很差的。那時，要選修一門外語，我的父母讓我選擇法語，結果我進入了一個糟糕的學習環境！我的法語課和亞洲的英語課肯定是很類似的，老師在講台前說了很多我聽不懂的話，要我們跟著她開口說，並且要求我們全部記住。每次上課，我都聽不懂老師在說什麼，到了隔天上法語課時，我更是完全忘記了前一天的內容，這令我非常痛苦。考試的時候就更慘了，幾乎每次考試我都不及格，而且我的分數總是排在班裡最差的三分之一。我不只是考試成績不好，聽力和口說也不行。每次老師問我問題時，我經常開不了口，或開口時發音完全錯誤，我對自己學法語的能力越來越沒信心。我能保證，根據學校和考試的標準，我是一個極度沒有語言天賦的人。

1981 年 9 月，我有幸把握了一個到中國留學的機會，抵達中國那天，我一句華語都說不出口，一個詞都聽不懂。可是，那時候我帶著新的「武器」，就是心理學和語言心理學的近代研究結果。透過這些研究，我知道傳統語言教學的方式不正確，但學外語確實存在一些管用的「招數」，因此我從第一天起，儘量為自己創造最良好的華語學習環境。在這個決定的基礎上，我也運用一些提高記憶的方法，加快我的學習進度。

　　我用語言心理學的觀點和方法，讓自己完全投入到一個「吸收」華語的狀態裡，效果確實非常明顯，不到兩個星期，我可以聽懂一些華語了，也可以進行簡單的交流，因此生活的基本溝通我都可以獨立用華語解決。當然，那時候我的詞彙量並不大，還掌握不了複雜文法，連「可不是」這種說法，都無法掌握。但是，我已經有能力進行簡單的溝通。在這個基礎上，我不斷找機會進行「可理解輸入」的交流，不到 6 個月，我掌握了華語的基本，標準就是前述列出那幾點，像一個 16 歲到 18 歲的華語母語者的程度。華語學到這種水準後，繼續提高程度是理所當然的，因為我已經和華語母語者一樣，每天用華語生活，不知不覺地進步，到今天我能用華語寫書，和你分享正確學外語的重要理念，給你和我一樣的機會，解放自己學外語的信念和技能！

　　我到中國內地幾年後，因為簽證到期而不得不離開，「移民」到香港。那時候，香港人幾乎都不會說普通話，因此我又進入「吸收」外語的狀態。因為有了在北京成功掌握普通話的經歷，加上我在學習的過程中，把方法磨練得更準確，我非常樂觀地接受了學粵語的挑戰。我很快給自己找到了一個「可理解」溝通的環境，一邊工作，一邊給自己創造下意識的機會，把粵語吸收到我的大腦裡，不到幾個星期，我已經能用粵語進行簡單的交流（當然是很皮毛的）。

　　我學粵語的過程，基本上和學普通話的過程是一樣的，只不過算是稍微快一些。大約 4 個月，我的粵語已經滿流利了。那時，我當然還沒有像香港本地人說得那麼溜，但是，我知道自己已經掌握了粵語的核心，在這個基礎上，再往上提高程度就是更容易的事了。

❷ 沒有任何外語背景的澳洲人 6 個月內掌握了華語

　　高飛（Paul Coffey）27 歲前不會任何外語。他一直想學華語，同時他認為自己屬於絕對沒有語言天賦的那種人。他的負面思考非常嚴重，例如，跟很多外國人一樣，他跟我說他是「tone deaf」（原指不能辨別音樂的「音調」，也用來比喻聽不懂華語的「聲調」），意思就是，他的大腦分辨不出不同的聲調，所以華語對他來說肯定很難學。我用英語的提問語調對他說「really?」（真的嗎？），他回答「是」，然後我用確定的語調說「really!」（真的！）。

　　他愣了一下，眼球在眼窩裡轉了好幾下，然後他開始笑。原來，他明白了，如果他不能分辨語調，他就不可能聽懂我說的兩次「really」是不同的語調。破解「不能分辨聲調」的障礙後，高飛匆忙搬出更深層的抗拒，說：「我是學不會語言的人。」我不得不笑著說：「你現在說的是什麼？」

　　他又愣了一下，慢慢反應過來，明白了他從出生那天什麼都不會，但是在一個相對很短的時間之內，已經把母語學會了，所以不可能沒有語言天賦。唯一的問題就是長大了以後，有點忘記自己的深層技能，需要提醒自己而已。

　　隨後，我們又經過 10 分鐘的討論，徹底解決了高飛學習的動機問題。要知道動機對學習的過程非常重要，動機越充分，學習過程就越能堅持。高飛為自己設定的目標是：「可以幽默地使用華語，讓女孩子笑。」你能感覺到這個目標比較高，值得一個人去努力，因此就會發揮深層的潛力。我抵達中國的第一天，給自己定的目標就是：「讓自己的華語和中國人一樣流利。」這樣才給我足夠的動機，

讓我的身心動起來。

最後，我們把高飛的關鍵錯誤觀點找了出來，那就是他認為一定要上課才能學會華語。我沒有和他爭辯，遞給他一套快速學會外語方法的書稿，他把書稿拿回家。第二天，他興奮地打電話告訴我，他現在感覺自己絕對有能力學會華語，他決定放棄到補習班學華語，過兩週就會前往青島，做準備工作，然後在青島住一段時間，專門學華語。

不到半年，高飛在青島已經學會了華語。從青島回香港後，我邀請他加入我的團隊，他開心地同意了。現在他可以用中文寫電子郵件，獨立與中國的供應商洽談、管理國內的團隊，有時他也會修改一些中文的合約。

❸ 52 歲企業經理從英語啞巴變成演講者

艾瑞克（Eric Han）是台灣人，駐華外商高層管理者，他曾經學過多年英語，據他個人講述，到五十多歲時，他在英語學習上已經投資了超過 10 萬元，可是他的英語始終處於很初級的水準。不管他用什麼方法，好像就是沒有能力跨越初級水準，達到用英語交流的程度。每次去美國向董事會報告，都要搭配翻譯，在沒有翻譯的會議上，他根本沒辦法聽懂，更不可能參與討

▲ 學會外語，提升工作表現。

論，獨自用英語演講對他來說是絕對不可能的事。

艾瑞克從 51 歲開始，使用我科學的英語學習方法和自學系統，不到一年的時間，艾瑞克在美國進行了他人生中的第一次英語演講，並現場回答在場美國專家的英語提問。經過半年多的學習，他真的把自己的英語提高到一個英語母語年輕人的水準！他說，這一次他不僅學會了英語，更找回了學外語的自信心！

❹ 你的機會來了！

全球各個國家的人學會不同外語的經歷，已經證明任何一個正常的人，都能在半年到一年內學會一種外語。我非常希望你能學會外語——尤其是大家普遍關心的英語。我可以告訴你，你一定能做到。使用科學、正確的方法，你不但能做到，你也會發現這個過程真的很好玩，它會給你打開不少眼界。

我已經花費了幾十年的時間研究心理學、語言心理學、超速學習法等，因此掌握了正確的外語學習方法，以及人腦掌握新知識的捷徑。我希望你也可以掌握這些方法，並且用這些知識做為幫助自己進步的工具。在這本書裡，我會給你展示一條外語學習的光明之路。你會了解要做什麼、怎樣做、建立哪些新習慣、如何調整和管理自己的狀態等，這些方法就是幫你學會外語的工具，運用這些工具，你就能實現流利使用外語的夢想！

第 **2** 章

學會外語的
5 項核心原則

　　要掌握任何領域的知識和技能，先認識核心原則是最正確的選擇。因為原則可以讓我們知道正在使用的措施和方法是否正確。明白了核心原則，也是我們發揮和創新的好基礎。使用正確的原則，就能見到奇蹟，如第 1 章提及的畫畫技能、網球技能、飛行技能等，學外語也不例外。

　　在快速掌握任何外語的過程中，有必備的 5 項核心原則。充分利用這 5 項原則，會幫助你在學外語的初期就看到光明之路，進而讓你充滿信心，早日獲得外語水準的進步。

原則①：從和你有密切關聯的內容開始學

　　前陣子，有位媽媽來找我，她 13 歲的兒子在學習上遇到困難。孩子很聰明，可是上課時老師說什麼他都記不住。學校要求這孩子做心理測試，測試的結果顯示，他的聽覺記憶有問題。得知這個消息後，媽媽非常擔心，不知該怎麼面對，因此找我幫忙。為了把問題搞清楚，我也跟這個孩子見面聊了聊。

　　經過跟孩子當面交流，我發現他的閱讀能力一點問題都沒有，華語、英語程度都很強，而且他透過閱讀能記住很多東西。可是老師上課時說的話，他大部分都記不住，甚至聽不懂。既然他其他方面能力都不錯，我非常好奇他的障礙到底在哪裡？跟他交流的過程中，我開始領悟一個答案，為了證實這個領悟是否準確，我接著問他：「你是不是習慣把耳朵關閉，什麼都聽不見？」他說：「是！你怎麼知道？」

我又問他：「你是不是覺得老師講的東西引不起你的興趣？」他承認，原來老師教的內容，以及老師講課的速度、風格，讓他打不起精神，他覺得很多老師教的東西跟他無關。他告訴我，他曾經有 5 年在另一所學校讀書，當時老師總是教他已經會的東西，或者說話囉嗦到一點意思都沒有。那時，他形成了一個保護自己心情的習慣，無論在家還是在學校，當遇到別人說無聊的話，他會自然把耳朵關閉，把注意力轉移到自己心中的話題，聽不見外面的資訊。他已經保持這個習慣多年，甚至把它變成了一個自然的反射行為，只要遇到跟他無關的聲音或資訊，他就會走進聽不見的狀態。因為聽不見，所以不明白，因此記不住。

其實，這個孩子的反應跟大多數人一樣。只要資訊跟個人沒有重要關聯，你就會自然覺得沒有重要意義，因此不會給予注意力。不給予注意力的結果自然是記不住、學得慢，甚至學不會。反之，任何對你本人有重要意義的資訊，都會引起你的注意，並且當你可以給它足夠注意力時，你就會自然而然學得非常快。回想一下自己的過往經歷，肯定有你只遇過一次但馬上能記住的資訊，而且一直到今天都記得一清二楚。在你當時的狀態下，我相信那些資訊跟你個人有一定的關聯，所以這些資訊能馬上存入你的長期記憶裡。

科學研究已經證明，任何對個人有重要意義的事情或資訊，自然會吸引一個人高品質的注意力，因此能被快速記住。能吸引注意力的事包括：跟生存有關的事、戀愛約會、跟人生目標有關的事，或者跟個人生存意義有關的事，這些都能讓你自然投入足夠的高品質注意力。當一門外語對你個人的生存和未來有重要意義時，你就

有機會迅速把它學會。王琳就是一個例子。

王琳的英語很好，她非常喜歡廚房用具，因此申請德國一家廚房用具公司的中國總代理，並很快地順利拿到一級代理的資格。不到 2 年，她的生意已經很興隆。可是，2010 年底，她收到德國總部的通知，世界各地的一級代理必須能夠用德語跟總部溝通，否則代理資格將被取消！她一點德語都不懂，完全零基礎。王琳知道，德國的文化是很固執的，只要總公司宣布一個新制度，就不可能改變。該怎麼辦？

原本德語對王琳而言不重要，但收到總公司的通知後，德語突然變成攸關自己事業生死的大事！於是，她下定決心，一定要把德語學好。每天下班後，她開始大量聆聽德語音檔素材，很快從什麼都聽不懂、一片模糊，變得能聽清楚，然後一步步把德語的含義摸索出來。有時她熬夜學到凌晨 2 點多，就這樣，不到一年，王琳學會了德語，並保住了她的一級代理資格。

你正在學英語，或正想開始學英語嗎？還是其他外語？不管你學的是哪一種外語，你跟這門外語有重要關聯嗎？這門外語能帶來你想要的發展機會嗎？如果你學不好這門外語，你會因此面臨自己不想要的後果嗎？這個問題必須想清楚，因為你的答案會決定你學外語的成敗。如果你學的外語，對你個人而言沒有重要意義，就會很難擁有足夠的注意力，因此學習的結果絕對不理想，速度會很慢。反之，如果這門外語對你個人意義重大，再加上使用科學的方法，你肯定能學得又快又好。

假如你發現這門外語跟你個人生活或興趣一點關係都沒有，該

怎麼辦？我的建議很簡單：暫時「不要學了」。如果你真的沒有興趣，學習會讓你感到又難又慢。還有，將來當這門外語對你有重要意義時，你可以很快把它學會。很多人在沒興趣或沒需要的前提下學外語，是因為他們認為學外語需要很多年才能學會一點，因此決定儘早開始學習，以備將來需要時具備一定的能力。表面上這個邏輯沒錯，但是全球上億人的外語學習結果已經告訴我們，這樣想是行不通的。為了把任何外語學得好、學得快，必須先找到這門外語對你個人的重要價值和意義。

除了找到所學外語對你的重要價值和意義，為了準確選擇每天學習的內容，你也要用「重要關聯」的思維，做為選擇一種學習素材的重要標準。基本上，為了得到最好的學習效果，你每天最好選擇自己有興趣的學習內容。例如，當你對一個話題有興趣時，聆聽和閱讀與這個話題相關的資訊，對你的學習效果而言，肯定比學習枯燥無趣的內容要好很多。在我的 TEDx 演講網頁上，有人留言說他對日本的電玩有非常濃厚的興趣，因此他每天會上網玩日語遊戲。為了贏，必須了解遊戲中的日語，所以在玩的過程中，他不知不覺把很多日語都學會了。

無論是哪種學習素材，只要你對內容有興趣，它就會對你的學習有建設性的幫助。我前年認識一位前廣告公司的客戶經理，她叫徐宇，來自中國湖南，我第一次跟她交流時，對她的英語感到驚訝，她的英語已經接近母語者水準。一般來說，達到這種水準的人都曾經在國外生活過一段時間，但徐宇從來沒在國外留學或工作的經歷，她的英語完全是在中國自學的。

　　我非常好奇，問她是怎樣把英語學得這麼好。她回答：「It's comedy！（單口喜劇）」原來她對單口喜劇有濃厚的興趣，她自己也經常上台用英語說笑話！她告訴我，剛開始學的時候，她的英語程度很普通，有很多內容和故事都聽不懂。但是，因為她有興趣，即使聽不懂，她還是會重複看很多次外國的單口喜劇節目，並儘量把笑話的規律摸索出來。她聽了幾遍之後，找出自己已經會的英語，同時學習一些新的英語內容，就這樣逐漸把很多笑話的基本含義搞懂。遇到不懂的俗諺或故事時，她會請教身邊的外國朋友。還有，當她遇到自己覺得不好笑卻讓外國人大笑的地方時，她會問外國朋友這些幽默背後的原因。日積月累，她就這樣摸索出了西方的幽默文化。短短幾年內，她把英語笑話練到隨時上台說都會讓聽眾大笑的地步。

　　我所講的這些故事都是為了說明一項原則，為了把外語學好，你要找到這門外語跟你的重要關聯。在學習時，你一定要選擇跟自己的興趣、動力有重要關聯的內容。

原則②：把外語當成溝通工具

　　想到「學外語」，很多人第一個反應是上課、讀書、做練習題，因為社會的普遍觀念是，為了把外語學好，我們必須把它當成重要的「學科」。但是，用這個理念引領自己的外語學習過程是否準確？學外語，有沒有一個更正確的態度呢？

　　首先要明白，語言在本質上就是「工具」。我們使用語言的目

的是溝通，無論口頭還是書面，語言最本質的目的，是得到溝通預期的效果。你在心目中把外語當成學科，還是當成溝通工具，會導致截然不同的學習過程，也會導致天壤之別的學習效果。接著，我會說明把外語當成溝通工具帶來的 5 個必然好處。

1. 透過「使用」來學外語，而不是先學後用

把外語當成溝通工具的第一個必然結果是，只要你會了一點，就能馬上使用，進而感受這個工具發揮的效力。

納茲（Naaz）來自印度，因為工作需要，她搬到了智利。為了融入智利的生活，她決定學會西班牙語。她從日常溝通開始，每天用剛學會的幾個西班牙語單字打招呼、點餐、買東西。

有一天，納茲想要吃些雞肉，她到餐館對服務員說：「Quiero pollo.」（我要雞肉。）服務員確認問：「Quiere ordenar pollo, si?」（你想要雞肉，對嗎？）納茲回答：「Si.」（是。）就這樣，她的西班牙語每天都透過真實的溝通和互動，增加一些新的詞彙、片語，在此基礎上，她繼續擴大自己溝通的範圍和說話的委婉度。6個月內，她從零基礎學會了西班牙語。

2. 從「功能」出發，把「形式」放到之後再學

用外語來學外語的關鍵，是把自己的注意力先放在單字和片語的「功能」。這樣你會先用功能最清楚的幾個單字和片語來溝通，不讓「形式」成為卡住自己學習的絆腳石。

從功能出發，從溝通功能最強的單字和片語開始學起，有 3 個

明確的好處：

❶ 關鍵單字和片語比長句更容易記住

問問自己，帶著核心含義的關鍵單字或片語，以及帶著複雜文法規範的長句，哪個更容易記住？我相信你的答案很可能跟我一樣，單字和片語肯定比帶著文法規範的長句更容易記住。從關鍵單字和片語開始學、開始用，會讓你的外語學習體驗進入良性循環。因為，關鍵單字和片語基本上決定了一句話的核心含義，當你掌握了它們，已經可以抓住整句話的大概意思了。

另外，在能記住關鍵單字和片語的前提下，你會有更多機會使用它們。透過使用，它們更容易扎根在你的長期記憶中，同時，你將會在使用的過程中自然擴大溝通能力以及溝通範圍。記住核心詞彙後，跟這些詞彙相關的單字、片語也更容易被記住。

❷ 功能清楚的單字和片語更容易跟我們有重要關聯

對於跟我們有重要關聯的內容，我們的潛意識和意識會給予足夠的注意力，因此我們能記得很快。這些簡單的內容日積月累，就會變成我們能運用自如的元素。

❸ 增強自信心

想像一下，當你在國外開口說話，對方明白你的意思，並帶給你預期的結果時，你的感覺怎麼樣？我相信你會感到興奮，你會感受到自己說話的魔力，只要開口說外語，就能得到自己想要的，感

覺多好啊！哪怕說得根本不夠優美，藉由成功的溝通經驗，我們的自信心會自然提高。在這個基礎上，再進一步探索形式方面的問題會更自然、更舒服，甚至更好玩。

3. 接受多種說法，不再拘泥於一個「標準答案」

從前述兩個觀點，你可能已經明白，把注意力先放在功能，我們可以避免不必要的痛苦和掙扎，進而提高學習效率。把外語當成學科的人，都有一個共同的經驗，就是非常在意別人的評價。

在上課的過程中，最重要的任務是提供老師認為「對」的答案，然後要接受考試，考試的最終目的也是提供出題者認為「對」的答案。經過多年這樣的訓練，多數人都以為每個問題只有一個「標準」答案，有時拚命想找到一個固定的答案，有時因為找不到一個絕對標準答案，而覺得自己不行。學外語的過程中，這種思維會帶來「啞巴外語」的結果。因為，這種思維會讓你在想要開口說話時，下意識先問自己：「什麼是標準的說法？」然後才開口。這種下意識的想法會讓你在對話時跟不上。

另外，對於某個意思，經常沒有獨一無二的「固定」標準說法。想要傳達某個意思，在任何語言中通常會有 3 種說法，甚至更多不同的說法，每一種說法都能達到同樣的溝通目的。因此，在這種情況下尋找「唯一」的準確說法是沒有必要的。我們來看一個簡單的英語例子吧，下一頁的 3 句英語，意思都是「什麼時候之前給你答覆？」

"By when should we respond to you?"

"When should we respond to you by?"

"We should respond to you by when?"

經過多年分析式的學習，很多人會掙扎很久，思考上述 3 句話哪一句是最標準、最準確的，思考「when」該放在前面或放在後面。我能告訴大家，這樣擔心和掙扎絕對沒必要。為什麼呢？因為上述的 3 句話都是對的，只是第 3 句話和前面兩句在語氣方面有一點區別而已。但是這 3 句話能夠把含義表達得一清二楚。當然，以上 3 句話都比較完整，但是根據「從功能出發」的規矩，我們也可以選擇以下的說法：

"When respond by?"

"When you need?"

"Respond when?"

"Respond before when?"

有一定英語基礎的人，尤其是英語老師，對這 4 句話肯定有意見，因為它們的文法有誤。但是，這些所謂「錯誤」只不過是形式上的錯誤，根本不影響溝通的效果，因為這裡要溝通的重要功能片語都在，就是「when」和「respond」兩個詞。

這裡我必須強調，在成功溝通的基礎上，我們完全可以把注意力放在提升形式的正確度，但是絕對不要因為擔心形式，而把自己

搞得無法溝通。正確的態度是先掌握溝通，然後在這個基礎上，一步步解決形式的問題。我們越能夠掌握外語的正確形式，越能被外國人視為「自己人」，這是一個相當值得追求的目標。但要記住，掌握外語溝通正確形式的前提，是我們基本上掌握了外語溝通的核心功能。

4. 吸收「回饋」帶來的巨大幫助

透過使用外語來提升外語能力，背後還有一個重要的原因，就是「回饋」的力量會極大化提高外語學習的速度。先回想一下，以前上英語課或做其他外語練習題的過程，做完練習題交給老師，過一會兒老師把考卷還給你，讓你看自己的錯誤在哪裡。看到錯誤和正確答案之後，你能記住嗎？尤其是過了幾天後，你的腦子裡還記得正確的解答嗎？

小王是我的朋友，有一次她來香港，到國際金融中心商場買她喜歡吃的爆米花。她想要一包中包的爆米花，便跟服務員說：「Middle size.」服務員一臉疑惑，回說：「Medium size?」小王聽了之後，有點羞愧地臉紅了，但「medium size」代表「中包」，她一輩子都會記得。她高興地跟我說，一次臉紅就能深刻學會一種英語溝通，很值得！

真實溝通的過程中肯定會有口誤，但我們可以在每次碰釘子時學到很多，而且這時候學到的東西更容易深刻記住。這個結果和「密切」關聯原則也有直接關係，因為我們關心溝通的結果，只要我們收到的回饋跟我們的溝通結果有直接關係，我們肯定會給予足夠的

注意力，因此會提高自己的記憶力。

語言在本質上是一個溝通工具，不僅如此，語言也是一個無限靈活的工具，一個無限創造、更新、持續發展的工具。當人們遇到一個新概念或新事物時，自然會創造新的名稱，來表現這些新的概念和現象。例如：網際網路、寬頻、主機、雲端……這些詞都在近30年出現，並在全球變得家喻戶曉。把語言當成工具，會讓你面對新的概念、新的表現一直保持開放的思維和態度，從而靈活地接受語言的多種表達形式，接受語言的本質是「活的」。因此，你的學習態度自然會從固定呆板走向無限的好奇，從擔心錯誤走向探索無限的可能性。我能保證，當你用無限的好奇和探索無限可能性的態度面對外語，你的學習體驗將會是更開放、更快樂、更容易學會的。

原則③：理解含義，自然能「吸收」外語

1981年，我剛到中國時，我一個中文字也不會，一句華語也不懂，但我有機會和其他外國留學生一起到北京附近的城市玩。有一天，我們幾個不會華語的外國人，一起搭上前往北戴河的火車，在回程途中，因為火車上的座位已經滿了，所以我們不得不坐在餐車。在餐車裡，我遇到了一位開朗健談的鐵路警察。

這位鐵路警察當時也沒什麼事情可做，閒著無聊就跟我們打招呼並「聊」了起來。其他和我同行的朋友都感到很累，趴在桌上睡覺。但我很好奇，想試試看可以跟這位鐵路警察聊些什麼。這位警察一句英語也不會，因此，我們只能透過手勢、表情和畫圖來溝通。他

一邊說一邊畫，我們幾乎就這樣聊了 8 個多小時。在整個過程中，我從什麼都不懂，慢慢地明白他在表達什麼，也漸漸掌握幾個簡單的詞彙了。最有意思的是回到學校後，周圍的人在說華語時，我能夠聽懂不少。這件事很奇怪，我從來沒有刻意去學習和記憶那些詞彙，也沒有印象在哪裡見過那些詞彙。後來才想到，可能是在火車上的那個晚上聽過，看來我的潛意識在不知不覺中幫我學會了。

那兩個星期，我幸運地在無意中發現了一個外語學習非常重要的原則，就是當你了解別人表達的含義時，就會下意識「吸收」（即無意中學會）對方正在使用的語言。語言學家把這個現象稱為「可理解輸入」。

1. 可理解輸入

可理解輸入就是首先理解含義，然後下意識「吸收」外語的過程。為了加快外語學習速度，你必須在學習的過程中，給自己創造可理解輸入的條件。

在火車上的那一晚，我的華語程度之所以提高了很多，是因為那位鐵路警察和我交流的過程，為我創造了「可理解輸入」的條件！他的手勢、表情、圖畫，都幫助我理解他想表達的意思，因此我的潛意識有機會把聽到的華語和理解的意思記在一起。結果就是我學會了。

談到這裡，你或許已經開始明白，來到新國家的外國人，為什麼有些人把外語學得很好，同時有些人 10 年後仍一句外語都不會？非常重要的區別在於他們是否有機會遇到「可理解輸入」的外語學

習內容，如果能遇到「可理解輸入」的內容就能學會，遇不到就學不會，再怎麼聽就是聽不懂，而更麻煩的是，因為聽不懂，所以聽了也沒辦法記住！

　　第一次聽到「可理解輸入」這個概念時，很多人都覺得不可思議，甚至感到懷疑，透過這種下意識的學習方法，是否真的可以把外語學好？尤其是需要考試的人，都會擔心用「可理解輸入」的方法學外語，自己的考試分數會不會很差。其實，語言學家研究「可理解輸入」這個現象已經幾十年了，也有非常多學術性的科學報告，明確的結論是用「可理解輸入」的方法來學外語，效果遠遠超過使用傳統語言學習方法的結果。可以參考表 2-1，這是科學研究的數據，從此表中可以看到在不同測驗的情況下，「專注於文法學習」的傳統方法和「可理解輸入」方法的表現有很大差異。結果很明顯，不管考文法、聽力、或寫作等，「可理解輸入」的成績總是比較好的。

表 2-1　「可理解輸入」與「專注於文法學習」的成效比較

	可理解輸入	專注於文法學習
牛津文法測驗	67.6	45.6
初級：閱讀	22.25	14.5
初級：聽力	24.9	17.45
初級：寫作	19.4	7.5

資料來源：Isik, A. (2000). The role of input in second language acquisition: More comprehensible input supported by grammar instruction or more grammar instruction? *ITL: Review of Applied Linguistics* 129-130: 225-274.

其實，每一個人對「可理解輸入」這個現象都非常熟悉，因為我們都曾經體驗過，並且都有機會在周圍環境觀察到這個現象。例如，為什麼孩子吸收語言比較快？他們的大腦是否和成年人不一樣？實際上，最重要的差別在於孩子接觸新內容的過程，孩子經常處在「可理解輸入」的環境，因此他們的潛意識可以不斷吸收單字和慣用說法，孩子就是這樣學會母語的。

舉個例子，一個小孩在家裡，媽媽說「吃飯」，同時動手模擬筷子把飯塞到嘴裡的動作，並且多次重複「吃飯」的聲音。在這種情況下，整個環境，包括媽媽的動作都在溝通同一個意思，因此這個意思很容易明白，在已經明白意思的前提下，小孩聽到母語的聲音，很快就把「吃飯」的聲音符號和吃東西的概念結合在一起，最終就學會了。

小孩在 3 歲左右開始會看動畫、漫畫，他們用這種方式增強自己的語言基礎。小孩在用這些方式時，肯定不是全部都聽得懂或看得懂，可是他們明白大概的意思。在理解意思的前提下，生詞會自然進入他們大腦的詞彙庫，用這種方式，他們的母語每天越來越強、越學越流利。這裡必須強調，孩子不一定直接明白生詞的確切含義，他們是在理解前後文的情況下，大概感覺到一個陌生單字或詞彙是什麼意思，接觸很多次後，確定了含義，自然就牢牢記住了。

2. 相信潛意識學習外語的能力

「可理解輸入」的學習效果來自於能充分發揮人類的「語言學習本能」，這個本能就是潛意識的能力。想想自己學華語（或你的

母語）的時候，你應該能感覺到潛意識的力量，大家幾乎沒有刻意去學習，可是在短短幾年內，華語已經能說得很流利。當然也有人認為，華語是上學時透過有意識的過程學會的，因為大家都曾經上學多年，經常練習閱讀、寫字等，可是這個結論是否準確呢？要知道，在你學習讀和寫的時候，你已經可以說出流利的華語，聽和說的問題早在上學前就解決了。如果你回想自己學華語的過程，我相信你一定會發現自己在不知不覺中學會了很多東西。聽說能力、用詞彙表達含義等，你幾乎沒有刻意去學，但這些都變成了你能靈活運用的工具。這就是潛意識學語言的普遍現象。

1960 年代，人類發現了潛意識對語言學習的重要力量，當時，保加利亞有一位心理學家格奧爾基‧洛贊諾夫（Georgi Lozanov），專門研究潛意識的潛力。他也運用研究發現的原理，來設計超速語言學習課程，這些課程專門啟動學習者的潛意識，效果驚人。例如，洛贊諾夫找了一批保加利亞軍人，教他們學義大利語，這些軍人的義大利語都是零基礎，經過 3 個星期的潛意識學習，他們都學會說義大利語了！洛贊諾夫多次的實驗充分證明了，將潛意識的能力運用在學習上，絕對能夠提升效果和速度。

背單字、分析文法等，這些是有意識地去學習外語，這樣的學習有一定的效果，可是遠遠沒有潛意識的力量大，也沒有潛意識學習的速度快。同

▲ 透過潛意識學語言。

時，花費大量時間背單字，很難保證最終能否記住，經常出現「學完就忘記」的情況。學外語最快、最有效的方法，必定要使用潛意識，發揮潛意識的力量。為了達到這個結果，需要把自己的注意力放在理解含義，放心地接收，在理解含義的基礎上，自己的潛意識就會在背後努力支持你分析和記憶。這樣就能又快又踏實地學外語了。

好好記住第 3 個原則：先用一切辦法去理解含義，創造自然「吸收」外語的條件。具體該怎麼做？在下一章裡我會分享最有效的具體行動和方法。

原則④：以生理訓練為主

如果一個人在學外語的過程中每天在背單字，用華語的思維分析外語文法，這代表他對外語學習的整體觀點就是累積「關於」外語的知識。其實，累積這種知識對流利說外語沒太大幫助。要學好外語，更重要的是進行合適的生理訓練，也就是說，外語學習還有一個非常重要的部分，是訓練大腦神經和外語肌肉。跟練有氧體操一樣，練好外語的過程是一個肌肉訓練的過程。也許這是你第一次聽到這個概念，你可能會覺得有點奇怪。接著來談談一個重要的例子吧。

▲ 練外語的過程也是訓練肌肉的過程。

1.「聽覺過濾」決定聽不聽得懂

　　文莉小時候在台灣學英語學了十幾年，考試成績都很好，畢業後，她跟隨父母移民到美國。雖然文莉的英語成績一直很好，但剛到美國時，她遇到了不少挫折。她的問題是，完全聽不懂別人在說什麼，每當有美國人跟她說話，她就張開嘴巴，然後愣在那裡！因為她聽不懂，也不知道自己該怎麼回應。她的反應讓很多人以為她是一個啞巴，也有美國人直接問她：「哎，你的耳朵是不是有問題，你是不是聾子？」在生理上，她的聽力完全沒問題，但對她來說，剛到美國時她就是一個「外語聾子」！

　　科學研究已經證明，我們的聽覺系統有專門過濾語言音節的部分，對熟悉的語言，大腦的過濾功能會把音節送到思維處理部。但對不熟悉的語言音節，過濾功能就會把聲音過濾掉，結果是聽到不熟悉的語言時，就會覺得聲音很模糊，甚至不知道自己在聽什麼。文莉剛去美國時聽不懂英語，原因就在於她的大腦對外語音節的過濾還沒有建立好，因而無法好好過濾英語的音節，導致她聽不清楚、聽不懂，也就說不出來！

▲ 聽覺會將聲音過濾到大腦。

如果要掌握好外語，一定要解決聽力問題。而聽力的基礎問題來自於音節過濾的能力是否完善。如果外語音節的過濾不完善，就不能把外語的聲音「過濾」進腦

子，只會聽到模糊的聲音。在這種情況下累積詞彙、分析文法等，都無法幫助你提高聽力水準。在學外語的過程中，為了解決聽力問題，一定要用足夠時間鍛鍊耳朵裡的外語聽覺神經！具體的鍛鍊方法會在第 3 章裡詳細講述。

2. 你感覺得到自己的外語肌肉嗎？

很多學外語的人都有這個問題：考試時考得很好，但是開口說話時就很尷尬。主要原因是以往的學習方法不正確，幾乎完全依靠死記硬背、分析文字來學習，訓練耳朵和嘴巴的機會非常少，甚至沒有機會。最終的結果就是開口說話時，說出來的聲音完全不像外語。這種學習方法導致開口說話時沒人能聽懂，有人則因為這種經歷而根本沒有信心開口說話。

學好外語的重要前提是把外語發音練好，這個過程絕對不是累積知識的過程，和聽力一樣，它是一個生理系統訓練的過程。為了練好發音，我們必須練習自己的臉部肌肉。我們的臉部，包括舌頭和喉嚨，有 52 塊不同的肌肉，我們透過這些肌肉創造別人能聽懂的聲音。準確的發音必須依靠臉部肌肉的訓練，把自己臉部的肌肉練得越靈活，你就越有能力把外語發音說得準確道地。發音的練習方法和鍛鍊身體基本上是同一個規律，最好是先放鬆臉部肌肉，然後模仿發音標準的對象，練得越來越接近標準發音即可。

還有，因為練發音就是在練肌肉，跟其他運動項目一樣，剛開始時，身體會有一些感覺和反應。每當你對一種新的運動項目產生興趣時，要懂得適可而止。一開始，大多數人會很開心，並把自己

全部投入進去。雖然第一天好玩，但第二天的必然結果，就是肌肉累得痠疼。

練習發音也會有同樣的反應！如果一天當中，練說話的時間比較長，例如半個小時以上，而且練習時很認真把發音說得準確，臉部肌肉肯定會有痠疼的感覺，這種感覺是「練習很多」的反應。這個絕對是好事，透過這個信號，你能確定自己把發音練得越來越準確。反之，如果練了很久，但嘴巴和臉部肌肉沒有任何「累」的

▲ 觀察你練發音時有沒有臉部肌肉痠疼的感覺。

感覺，這通常意味自己發的聲音太接近母語的發音，沒有好好模仿外語所需要的發音。當然，也有可能是自己模仿得不錯，但是練習時間太少。

我要在此強調，如同聽力的訓練，發音訓練絕對是一種肌肉訓練。因此要用運動訓練的思維，指導自己找到對的路，包括經常練習，並且在練習的過程中注意動作的準確度。

3. 創造外語條件反射！

你有沒有想過，很多外語的交流和華語交流一樣，例如有人說「早安」，一般的反應大多數應該是「早安」。而在英語世界裡，「good morning」對應的自然反應就是「good morning」。實際上，有很多日常的溝通也像這種一問一答，有固定和半固定的形式，就像「對聯」一樣。在華語裡，你會發現別人的「日常對聯」說到一

半時，你根本不用經過太多思考，就能夠馬上採取合適的回應。這種對話基本上屬於大腦裡面的條件反射，收到某一種刺激（信號）時，大腦系統會自動配對非常熟練的反應。

所以，要練好外語，除了聽力和發音，也要故意練習外語的條件反射。這個並不難，只要多聽聽「日常對聯」的前後句，然後自己跟著說，重複的次數越多，大腦越容易不知不覺地創造條件反射。這並不複雜，只要多聽多練即可。

原則⑤：掌握好心理狀態

王先生是一位成功的商人，基本上做什麼專案都會做得非常出色，可是他有一個遺憾，就是從來沒有把英語學好。他多年積極地學習，但每當他一有機會開口說英語，就會突然感到身體僵硬、大腦失靈，甚至就連已經很熟悉的、非常簡單的對話也沒辦法聽懂，更沒辦法開口。

王先生的表現是比較典型的「恐懼症」。通常，人在恐懼的狀態下，無法發揮自己的最佳表現，甚至無法表達所學內容。在恐懼的前提下，通常也無法吸收和學會新的東西，整個大腦和身體只想著如何逃避。情緒、注意力、自動反應等心理狀態，是大腦的另外一個非常重要的操作，為了快速學會新技能和知識，我們必須明白這些大腦操作的原理，並採取合適的自我管理措施。

1. 心理狀態和學習效果密切相關

你可能有過類似的經驗，就是在考試前因為過於緊張，沒辦法記住你學過的東西，因此沒考好，甚至不及格；或者你曾經在上課時，因為擔心老師會問你問題，因此沒有辦法把新的資訊塞到腦子裡。

根據大腦科學的多年研究，我們得知只要大腦進入負面情緒的狀態，就會嚴重影響大腦學習的能力。所謂負面情緒包括害怕、憤怒、恐懼、擔憂、緊張等，只要你走進這種狀態，大腦的所有注意力，包括身體的配合，將會全部圍繞於短期「生存」的目標，在這種情況下，大腦不會分配資源學習新東西。

在人類進化的過程中，真的遭遇危險時，恐懼、憤怒等反應是很自然的。可是在現代社會裡，我們經常把這些負面情緒用在不合適、不必要的場合，因此嚴重影響了學習的效果。只要進入負面狀態，在大腦中建立新資訊的所有功能基本上都會暫停。在這種情況下，任何人都很難記住新的資訊。不僅如此，在負面狀態下，自己的認知也會受到影響，所以該聽到的東西很可能聽不到，該看到的東西也很可能看不進去。

我記得有一次在美國，因為航空公司的一些問題，我錯過了從洛杉磯飛至香港的航班。航空公司安排了附近的飯店讓我住一晚，然後讓我簽一份協議，證明我接受他們的安排。在當時的情況下，我必須打電話到香港通知家人，並且開電話會議，解決一些重要的商務問題。我問服務員，航空公司的補償是否包括電話費，服務員回答「是」，給我看協議裡的一行字，我看了一眼，看到電話費是他們負責的，然後便簽了字，去了他們為我安排的飯店。

　　問題是，當時我真的非常憤怒，因此沒有把電話費的條款看清楚，原來航空公司最多只負責 3 分鐘的通話費用，我那個晚上的電話會議完全不夠用。我相信，如果簽字那時我有看清楚條款，肯定有談判的餘地。問題是我當時的狀態非常不好，所以那些重要的資訊根本讀不進去。

　　反之，正面狀態對學習的幫助非常大，只要我們開心、愉快、好奇、深度放鬆，新的資訊就會很容易進入大腦，也會很快形成牢固的長期記憶。狀態對於學任何東西都是至關重要的，外語學習也不例外。前面提到的洛贊諾夫超速教學方法，就是用潛意識來加快學習的速度並提高學習效果，相當注重幫助學習者進入良好的心智狀態，因此能保證超速的學習成果。

　　還有非常重要的一點，就是學習狀態的好壞完全是在你自己的控制下，只要運用一些內在的自我管理方法，加上一些好工具，就能保證學習時，讓自己保持一種良好的狀態。

2. 用深度放鬆的狀態來學習

　　如何管理自己的學習狀態呢？如果你學過氣功、瑜伽或類似的方法，我相信你懂得隨時讓自己輕鬆下來，進入一個深度放鬆的狀態。不同科學的系統，會有不同的方法幫助你做到這個結果。

　　想進一步了解如何藉由輔助音檔和音樂，幫助你保持輕鬆的學習狀態，請參考「功夫英語」的網站：www.kungfuenglish.com/128。

3. 管理自己的渴望

　　保持良好學習狀態的另一個重要因素，就是管理自己的渴望。有很多人渴望從零開始學習外語，不到 3 天外語已經和自己的華語一樣好，如果沒有達到這個結果，就對自己氣餒，甚至徹底失望，因此放棄學習或進入一個沒辦法吸收資訊的狀態。

　　有些人沒那麼苛刻，但還是給自己不合理的要求，包括從零基礎開始學的人，學了幾個月以後，不管是什麼外語都認為自己應該要能完全聽懂；開口說話時，要求自己不能犯任何錯，這些要求從根本上就是錯誤的。你每天堅持學習，程度肯定會迅速提高、越來越好，但由於各種因素，不可能一點錯誤都沒有，不可能所有外語你都能聽懂。在華語世界裡，不同行業的專業術語和不同地區的方言你都能 100％掌握嗎？如果華語做不到，為什麼學外語的時候，對自己有這種要求呢？

　　要提高程度是必定的，而且給自己定一個比較高的目標也是正確的，因為一個清晰的目標會給你帶來學習的動力。但同時也得小心，不要在時間上給自己高不可攀的不合理要求，因為這樣反而會導致緊張、害怕等負面狀態，影響學習效果。如果發現自己的學習效果不理想，又看輕自己已經取得的成績，這種負面的心態絕對會破壞動力、破壞信心，導致自己沒興趣往下學。

　　在學習外語時一定要記住，要對自己每一個小小的成功表示肯定，要把注意力拿來欣賞自己的成功之處，這也會幫助你保持學習所需要的良好狀態。

4. 開心忍受聽不懂的階段

最後，讓我們一起來探討一個重要概念，它與外語學習狀態密切相關，為了更容易理解這個概念，我先分享一個故事吧。

一位曾經學過十幾年外語的夏女士，現於南京某間企業擔任副總經理，她大約 50 歲，工作需要經常出國開會，有時她也要在中國參與一些英語會議。她這樣描述自己的狀況：「我有一定的英語基礎，能閱讀英文資料。但不知為什麼，每次開會，我很快就感覺自己聽不懂，於是大腦就自動關閉了。會議後，我也不想和他們交流，因為我的感受很差。」夏女士所說的現象，明顯是不願忍受聽不懂歧義的結果。因為不願忍受歧義，她放棄了一些本來可以聽懂的資訊，也放棄了和大家溝通交流的機會。不願忍受歧義不僅影響了溝通，也影響了她在商務社交活動中的人際關係和個人魅力。

無論你是否有外語基礎，交流的過程中，遇到一些陌生的聲音、詞句都是很正常的。即使用華語交流時，每個人聆聽別人說話或會議報告，也不一定能 100％聽懂，因此想要把外語學好、達到溝通交流的目的，一定要訓練自己忍受歧義的能力。

為了培養忍受歧義的能力，夏女士很快進入了「泡腦子」（Brain soaking）的聽力訓練階段。「泡腦子」是一種特殊的外語聽力訓練法，「泡腦子」意味著把你的大腦「泡」在外語的聲音海裡，進而啟發你的潛意識，提高各方面與文字無關的外語聽力。這個方法也給你機會訓練「忍受歧義」這個重要技能。

剛開始「泡腦子」時，夏女士的感覺是聽起來模糊不清，這個感覺跟其他很少聽一連串外語表達的人一樣。在這個時候，夏女士

首先把注意力放在聆聽英語的節奏和旋律上，按照這個方法，她每天「泡腦子」三十多分鐘。兩個星期後，她開心地告訴我，她聽清楚了。不僅如此，她還聽出了那些她曾經學過的單字、片語、短句，對於那些她沒有接觸過的發音，她也聽得出來是什麼。儘管她還不知道這些發音是什麼意思，但她聽得很清楚，甚至越來越熟悉。就這樣，夏女士開開心心地度過了忍受歧義的第 1 階段——把注意力完全放在節奏和旋律上，把英語的發音聽得非常清楚。

　　這個進步讓夏女士找到了學英語的樂趣，也提高了夏女士的自信心，因此，她願意投入更多時間在「泡腦子」以及幫助她快速累積片語和短句的學習中。

第 **3** 章

快速學會外語的
7 個關鍵行為

你是否發現很多人非常善於背誦原則，也能輕鬆說出背過的原則，可是在生活中，很少看到他提升任何重要的能力。原因在於，原則是抽象的，原則本身不會「動」，它們只是在指導什麼樣的動作或行為才是正確的。

在第 3 章中，我們會深入探討快速學會外語最重要的 7 個關鍵行為，把這些具體行為好好用在你的外語學習上，你肯定能享受快速提升外語能力的樂趣和喜悅！接著往下讀，你一定會發現有的行為涵蓋了第 2 章的幾個原則，也會發現這些原則都能說明「為什麼」任一個具體行為是有價值的。

行為①：多聽——快速長好「外語 DNA」

李寶華目前 31 歲，從事外貿工作已經 8 年了。他每天的具體工作主要是處理來自國外的郵件、回答問題和安排合約等，大部分都是透過書面的外語溝通。李寶華的書面英語能力非常好，可是他非常害怕用英語打電話，客戶到訪中國的時候，他會儘量避免與他們見面。問他為什麼會這樣，他說主要是因為經常聽不懂對方說的話，因此覺得很尷尬。

李寶華這種情況，是很多外語學習者遇到的問題，主要原因是，多年只透過書面的方式來學英語，學習的過程中，聽英語的機會太少，把大量的時間都放在背單字和分析文法上。這樣學下來，「書面考試」能及格，可是「生活考試」就過不去了。學外語時，如果聽的時間太少，就會必然產生「外語聾子」的現象。英語和其他任

何語言一樣，聲音占據重要地位，因此學外語必須提高對外語聲音感知的能力。如果要聽懂，首先必須多聽，把聽覺系統的生理訓練做到位！

這個觀點可能和大家習慣的理念很不一樣。大多數人認為，一定要先知道很多單字的意思，才能聽懂外語。根據幾十年的心理學和語言學的研究，科學的觀點是，大腦首先必須熟悉外語的聲音規律，才有機會聽懂。在熟悉聲音的基礎上，累積詞彙才會變得比較容易。出於這個原因，在學習外語時，要不斷找機會「多聽」，先解決「外語過濾」問題，然後享受外語聽力的 6 個階段。

1. 先解決「外語過濾」的問題

聽力的問題主要來自於沒有建立「外語過濾」的能力。在聽一門語言的時候，人腦會進行「音節過濾」，把某一種語言的所有音節過濾進大腦。一個小孩出生後，進入母語的「聲音海」，每天能夠聽到好幾個鐘頭的母語，在這個過程中，他的大腦越來越習慣母語的聲音，也知道這些聲音很重要，因此建立了母語的聲音過濾，允許這些聲音經過過濾，繼續往下走，抵達大腦的語言中心，進行下一步的處理。

如果大腦沒有建立好音節的過濾，結果會是這些音節的聲音無法往下走，抵達不了大腦的處理器，也就無法進行接下來的處理。這個原因導致人們聽不見或聽得很模糊的感知現象。聽不見當然就聽不懂，聽得模糊也很難聽懂。根據「可理解輸入」的原理，如果聽不懂就很難記住，自然「吸收」外語的可能性會降低很多。

要學會外語，建立外語音節的過濾至關重要。為了達到這個目的，必須經常找機會聽外語。透過大量聆聽的訓練，就會給大腦足夠時間習慣聽外語音節，最終建立外語音節的聲音過濾能力。外語音節的過濾，是外語聽力的必備技能。一定要記住，這是生理層面的過程，也是由潛意識所控制的，不能刻意做到，只能找很多機會大量聽外語，剩下來的工作全是下意識進行的。該怎麼做呢？答案很簡單，必須把自己的大腦，長時間「泡」在外語的聲音裡，進而讓外語的聲音、語感滲透到大腦裡。

「泡」有兩種方法，一個是經常刻意進行「泡腦子」的活動，另外一個方法是聽音樂，輕鬆重複多次，把外語聽得熟悉而清楚。如果你是初學者，或是想複習外語的核心內容，最好找一些有清爽配樂，搭配外語學習內容的「歌曲」。用母語和外語對照的方式是比較好的，例如中英對照的片語搭配音樂，就能幫助你獲得良好的學習效果，若想進一步了解，可以參考這個連結：www.kungfuenglish.com/105。

2. 「泡腦子」的特殊訓練方法

「泡腦子」的意思很簡單，就是把自己的大腦「泡」在外語的聲音裡。除此之外，也需要注意一些自我管理的方式和態度方面的問題，這樣才能把「泡腦子」的作用發揮到極致。為了好好「泡」在外語環境裡，有不少途徑可以選擇。

▲ 想像把大腦「泡」在外語環境裡。

　　王啟文在外商公司已經工作幾年了，起初兩三年，他儘量避免和公司裡的外國人交流，因為總覺得沒什麼話可說。後來，了解「泡腦子」的概念後，他改變主意，開始每天和公司裡的外國人一起吃午餐，剛開始王啟文只是和他們坐在一起不說話，儘量聽其他人說話，但大多數的聲音他都聽得很模糊，甚至完全聽不懂。很多人在這種情況下，會感到非常不自在，也會感到心煩，聽不懂肯定會覺得挫折。可是王啟文知道正確的「泡腦子」方法，因此他能放鬆地聽，並且越聽越興奮。

　　剛開始的幾個星期，他完全把注意力放在外語的節奏和旋律上，留意經常出現的重音和輕音，也注意外語發聲的停頓、快慢速等，他也很關注大家的身體語言如何配合口中說的話，並逐漸開始建立了一點「外語的感覺」。當然，聽多了以後，他發現有很多詞彙和短句經常出現，所以變得越來越熟悉。這樣聽下來一兩個月，王啟文發現以前模糊的聲音已經變得很清楚。甚至，他好像下意識能感覺到人家說的話、下半句或下一個詞應該是什麼，真是奇妙的一種感覺。最讓他意外和興奮是，有時候他會不知不覺地想插嘴一兩句，雖然說得不多，但他發現這些話好像說得很正確！

　　和外國人待在一起，多聽他們說話，是一個「泡腦子」的好途徑，但不是唯一的方法。更好的方法是經常聆聽外語有聲書，內容最好是在說你感興趣的主題。這樣聽通常會比跟真人交流更有幫助，主要是因為你可以重複聽同樣的內容很多次，把固定的部分聽得非常熟悉。親自體驗這種訓練，請參考這個連結：www.kungfuenglish.com/125。

3.「泡腦子」幫你度過外語聽力的 6 階段

　　無論是和外國人經常交流，還是聆聽外語有聲書或中英對照的學習歌曲，「泡腦子」的訓練可以幫你順利度過外語聽力的 6 個階段，進而全面解決你的外語聽力問題。接下來，讓我們了解外語聽力有哪 6 個階段，以及「泡腦子」的訓練是如何進行的。

❶ 聽得模糊

　　首先，剛接觸新內容時，你會發現聽起來有些模糊，有很多聲音，你是抓不住的，因此根本沒辦法記得。所以第 1 個外語聽力階段就是：聽得模糊。

　　在這個聽力階段裡，絕對不要刻意去記，更不要依賴中文字幕，為什麼呢？因為如果依賴文字，你的大腦會開始變得非常懶惰，注意力會跑到文字上，因此你會忽略提高自己的外語聽力。內容聽起來很模糊的時候，你應該儘量多聽幾遍，同時，在這個階段，你要完全把注意力放在聽外語的節奏和旋律上。直到你進入聽力第 2 個階段。

❷ 開始聽得清楚

　　當你進入外語聽力第 2 個階段時，模糊的外語逐漸會變得清楚，每一個聲音和音節你都可以聽得清，就好像你剛剛把耳朵洗乾淨了，這種狀態反映你的大腦已經建立好外語音節的過濾能力，這是一個不可缺少的重要步驟。外語聽力第 2 階段的別名也可以叫做：建立外語過濾能力。

❸ 準確預測

聽清楚之後，繼續多聽幾遍，你會發現一個新現象，好像你可以預測接下來的聲音和音節，尤其是重複聆聽固定內容時（片語歌、有聲書等），聽到每一段錄音前，你的大腦好像已經在播放接下來的內容。這個現象表示你的語言學習中心已經掌握外語內容出現的機率，這也是靈活應用外語的基本功。記住，外語聽力的第 3 個階段叫做：準確預測。

❹ 直接聽懂外語的意思

當你進入準確預測的階段時，需要配合片語、短句等有場景的聽力訓練，在理解含義的基礎上，你會自然進入外語聽力的第 4 個階段：直接聽懂外語的意思，不需要經過翻譯。當你進入了這個階段，你已經聽過很多遍，根本不需要翻譯，一聽到內容，你的心裡就會明白是什麼意思。進入這個階段後，雖然能直接感覺到外語的意思，但你很可能無法迅速翻譯成華語，這個反應是自然的。學習外語的目的，首先是要能夠直接知道外語是什麼意思，不需要翻譯，翻譯是後續的功夫，等你能自然舒服使用外語，再開始思考翻譯也不遲。

❺ 跟著唱

直接聽懂外語的意思後，你很快就會進入第 5 個階段：跟著唱。跟著唱的意思是，你已經熟練到在聽外語的時候，大腦能自然掌握每一段內容的片語，而這些片語就是你要學習的核心內容。所以，在學習的時候，很容易一邊聽一邊跟著唱。

❻ 開口說話

　　度過外語聽力的5個階段之後，就會進到非常奇妙的第6個階段：開口說話。進入外語聽力的第6個階段不是刻意的，而是自然而然發生的。有兩個比較明顯的現象可以證明你聽得是否正確，首先，你可能會發現自己在無意中脫口說出片語，這是你在潛意識中練習的表現。還有可能出現的第二個現象是，你進入一個場景的時候，可能是買東西或問路，你會不知不覺發現，腦子裡自動出現合適的外語。而且，你根本不需要思考，這些內容自然從你的口裡「溜」了出來，到了這個階段，這門外語就真正地屬於你了。

　　總結一下外語聽力的6階段：

第1階段——聽得模糊；
第2階段——開始聽得清楚；
第3階段——準確預測；
第4階段——直接聽懂外語的意思；
第5階段——跟著唱；
第6階段——開口說話。

　　將這6個階段當成外語聽力的成長路線圖，你可以隨時知道所學內容已經學到了什麼程度。因此，你可以很放心地享受外語聽力和外語學習自然成長的過程。

行為②：先理解含義，再連結詞彙

不知道你是否想過，自己出生後是怎樣從「無語」的狀態，走到能夠自如使用母語？沒有人教你華語，我們都是自己找方法，跟著環境而掌握了母語。想像一下嬰兒時期，一個嬰兒剛來到世界上，一點語言都不會，周圍的大人整天從嘴裡發出聲音，但你根本不知道是什麼意思。父母抱著你、看著你時，也在發出聲音，但你不知道這些聲音是什麼意思。如果你開口，基本上只是發出一些小怪聲，或笑或哭。要怎樣從那種狀態走到能夠自如說話，也聽懂別人說的話呢？主要是遇到已經理解的含義之後，你就會自然而然地理解不同的話語內容。

例如，每天爸爸下班回家時，媽媽說：「爸爸回來了，爸爸回來了，快去看爸爸。」你可能只是聽到：「爸爸○○○，爸爸○○○，○○○爸爸。」透過這個過程，你開始明白「爸爸」這個聲音代表那個高大的男人，因此再聽到「爸爸」時，你的心裡就會出現爸爸的樣子。因為這個過程，你開口說的第一個詞很可能也是「爸爸」。

小時候，我們也是這樣學會其他詞彙，例如「寶寶」、「媽媽」、「飯飯」。說起「飯飯」這個詞，過程會類似這樣：每次桌上有很香的東西，包括你最喜歡喝的牛奶，媽媽會說「吃飯飯」，當然你只是聽到「○飯飯」，但你可以把很香、好吃的東西與「飯飯」這個聲音連接起來，所以腦子裡就明白「飯飯」這個聲音代表「來吃好香的那些東西」。

　　稍微複雜一點的，可能是有一天，你拿著媽媽的錢包，她要你把錢包還給她，她的表情嚴肅、聲音有點大，然後她把手伸過來抓錢包，同時說：「給我！」從她的身體語言、表情、動作等，你很清楚你手裡的那個東西是媽媽要的，而且你必須交給她。同時，你也聽到「給我」這個聲音，因此很容易把那個聲音與「把東西交給媽媽」連在一起，因此明白了「給我」這個新詞的意思。

　　這些例子都很簡單，但從中可以發現，「吸收」母語的基本邏輯與核心原理，就是根據一系列不同的資訊，先理解含義，在已經理解含義的基礎上，連結聲音的標籤，因此學會「某某聲音代表某某含義」。當上下文的含義很清楚的時候，就很容易下意識吸收有關聯的詞語，因此語言就會自然被「吸收」。

　　做為學外語的成年人，也必須運用這個基本原理。無論如何，要把注意力先放在理解含義，在這個基礎上，你的大腦就很容易吸收你正在學的語言。換句話說，為了學會外語，要先明白含義，不是為了明白含義而先學會外語！看到這句話，可能有人會覺得腦袋轉不過來了，要先懂含義才能學外語？這怎麼可能呢？答案很簡單：肢體語言、整體環境，透過已知「吸收」未知。

1. 使用肢體語言！（Body Talk）

　　看看下一頁圖片中，這個外國人的表情和動作，先不要用詞來描述，但要直接明白他在表達什麼意思。我相信，大多數人一看到圖片，就能立刻感覺到這個人在表達什麼，甚至自己沒有故意去想，但是腦子裡好像已經聽到這個人在說什麼。你聽到了嗎？

▲ 看看左、中、右男子的肢體動作，你覺得他在表達什麼？

　　看到最左邊的圖片，我相信你的心裡會聽到類似「哎呀，完蛋了！」的話；中間那張圖應該也很清楚吧，他在表達「我告訴你！」或「我警告你！」或「你別再來！」等意思；最右邊的圖則是在表達「真的嗎？」或「不可思議」等意思。這些都是大家普遍認識的表達含義，雖然文字不盡相同，但基本的意圖肯定是一樣的。

　　普遍而言，肢體語言是一個非常重要的溝通表達方式。心理學的研究已經證明，肢體語言占人與人之間溝通的 85% 以上。還有，肢體語言是「人類通用語言」，基本上不分文化或民族，你到全球任何地方，都會看到同樣或類似的身體語言。當然，不同地區也會有一些微妙的區別，例如美國人指著自己的時候，會用手指對著自己的胸口，而華語母語者指著自己的時候，通常會用手指指著自己的鼻子。雖然具體指著的位置有所不同，但是都很容易理解為「我／me」或「自己／myself」。

　　有人認為肢體語言不太可靠，因為他們相信在不同地方的人，有時說話可能沒有任何動作或表情，但是，假如你有很多機會看到不同地方的人，就會明白這種現象不存在，整個地球上找不到沒有

肢體語言和表情的種族。當然，不同文化的動作大小略有不同，但是，總會有溝通含義的重要動作。

還有一點也很重要，看肢體語言的時候，我們不一定需要想到任何確切的字詞，更重要的是，憑感覺知道人在表達什麼，這個會產生可理解輸入。在「理解」的基礎上，我們聽到生詞，因為已經了解意思了，往往比較容易記住它。

既然肢體語言那麼普遍，我們可以好好利用這些資訊，做為掌握英語或其他外語的良好工具。首先你需要待在「泡腦子」的狀態，無論你懂多少，必須能夠維持輕鬆、舒服和愉快的狀態。例如，你到英國開一場重要會議，準備與英國公司談一個合作專案，電梯門一開，對方代表從接待台走過來，一邊微笑，同時伸出右手，身體擺出開放的姿勢，整個場景表現出歡迎的意思。當然對方不是啞巴，隨著肢體的溝通，對方會同時說一些話，例如「Welcome!」（歡迎）或「Good to see you!」（很高興見到你）等。此時，你會或不會這些詞是無所謂的，因為你已經明白他要表達的意思。

握手後，你們要到會議室開會，對方用如右圖的身體語言和手勢，表達大家都能懂的意思。他也許會說「Please.」（請）或「You first.」（您先）或「After you.」（您先），不管你聽到什麼聲音，很明顯的是，你受到邀請而且對方要你先走一步。因為你已經明白對方表達的含義，你的潛意識會自動地把你聽到的聲音和那個場景的整體含義聯繫起來。

▲ 對方說「Please.」時可能會搭配這樣的動作。

下次聽到「After you.」時，你的第一個反應會是「感覺到意思了」，然後你知道怎麼做出回饋。我要先提醒你一下，在那個時候，不要故意將外語翻成中文，相信你理解的那個意思！你絕對有能力從場景和身體語言明白對方在表達什麼。如果你不相信自己的直覺，過分依賴翻譯後的中文，將會阻礙你的理解力、分散你的注意力，因此導致你有很多不懂的地方，一定要避免這種干擾。

2. 利用整體環境和場景

肢體語言本身會表達出很多含義，而且更重要的是，肢體語言經常與整個場景有聯繫。當你開始注意肢體語言與整個上下文的聯繫時，你就能更好地提高自己對所表達含義的敏銳度。

例如，你在英國開會的第一個晚上，有一個重要宴會，7 點開始。7 點整那瞬間，會議主持人用鐵湯匙敲打玻璃杯，隨著那個「叮叮」聲，他大聲說：「I want to propose a toast to our friends.」[1]（先不要查字典，看看你是否可以感覺這句話的意思。中文解釋見註腳。）同時，他用右手舉起酒杯，左手向上指著你，他的臉上帶著歡迎你的微笑。當他說完那句話，所有人把酒杯拿起來，大家都大聲說：「A toast!」[2]

我相信，如果你能夠放鬆享受這個情境，充分感受，並允許這些資訊湧進大腦，你一定能夠明白正在發生什麼事，並能猜到宴會主人在表達的核心含義。在這個基礎上，你可以隔幾分鐘後再一次

---

1. 中文翻譯：我想向我們的新朋友敬一杯！
2. 中文翻譯：乾杯！

站起來，拿起酒杯大聲說：「A toast!」那時候大家都會跟著你一起喝一口。

正式會議也是一個情境，所以也可以用所有人的肢體語言，包括整個房間在發生什麼事，來幫助你明白意思。

例如，今天的會議 10 點開始，而在 11 點左右，外面開始下雪，過了一會兒，你覺得有一點冷，並看到兩三個人穿上外套。右邊有一個人搓搓手說：「Brrrr...it's COLD in here!」[3]對面有人說：「Turn up the heating.」[4]同時用手指著門旁的空調控制板。再過 3 秒，離門很近的人站起來，走到空調控制板那裡，然後用手指調整了一下溫度。過了 5 分鐘，有人說：「Ahhhh...that's better!」[5]同時有人說：「Yes, it's warmer now.」[6]你也感到暖和點了。

這整個情境，包括每個人的肢體語言、每個人保護自己的具體動作（穿衣服、搓手、發抖等），和你能夠觀察到的具體現象（下雪、別人在調整空調溫度等），以及你感覺到冷，後來別人把溫度調整好後，你又感到暖和一些……你可以從這些資訊中，知道大家在表達什麼。也許你學外語很多年，從沒學過「brrrr...」這個詞，但現在你很可能已經猜到了它的意思。如果你是外語初學者，聽到人說：「It's COLD in here.」也許你只聽到「○○ COLD ○○」，但是人家說「COLD」時，聲音稍微大一點（強調那個詞），而且帶有一點搖頭並發抖，在這種情況下，你能憑感覺判斷「COLD」的意思。

---

3. 「Brrrr」是狀聲詞，顫抖時發出的聲音。中文翻譯：這裡好冷！
4. 中文翻譯：把暖氣開大一點。
5. 中文翻譯：哦……好一些了！
6. 中文翻譯：對，現在暖和一點了。

對了，COLD 就是冷的意思。

正式的談判過程，也完全可以用同樣的規律來理解意思。例如，大家已經開了三天會議，現在正式的合約放在桌面上，乙方一行行地看著合約。當對方老闆看到第 2 頁時，再三閱讀同一個條款，一邊讀一邊做出如右圖的臉部表情，然後看著他左右兩邊的人說：「I'm worried about these two conditions.」[7] 從肢體語言和整個環境所表達的資訊中，你絕對能明白對方在表達什麼。

▲ 想想看，一邊閱讀合約，一邊做出這樣的表情會是什麼意思？

記住，我們正在談的是如何利用肢體語言和整體場景所表達出的資訊來明白意思。因此你可以透過這些微妙的動作和資訊，充分讓自己體驗「可理解輸入」的環境，如果你允許自己放鬆、快樂地吸收這些資訊，同時相信自己正確理解意思的能力，你就可以迅速「吸收」很多外語。

3. 透過已知「吸收」未知

先明白含義，是「吸收」外語的必備條件。除了肢體語言和整個場景，你還可以充分利用自己已經會的東西，來幫助自己掌握更多新的內容。假如你已經能講流利的國語和粵語，那麼你到越南，

---

7. 中文翻譯：我對這兩個條款有疑慮。

就會發現自己能夠聽懂很多。因為越南話中有 30％是國語，30％是粵語，在日常溝通中，你一定有能力聽懂 60％左右的越南語。

❶ 利用日常知識

前述提及的肢體語言和整體場景等，這些「已知」的東西能幫助你理解未知的東西是什麼意思。除了這些，你還有很多機會利用你「已知」的內容，幫助你學習外語。例如，音譯、概念和自己熟悉的故事。

先說音譯吧。假設現在是你第二次去美國與客戶開會。當天晚上，你的客戶邀請你一起吃飯，他公司附近有一家必勝客餐廳，因為很方便，所以你們決定到那裡吃。剛坐下來的時候，你的客戶問：「Do you want hamburger or pizza?」這時，你可以依靠已知的東西來明白他的意思。首先，你在一個餐廳裡正準備點餐，因此大家說的話多少會圍繞「點餐」這個概念，你可以根據這樣猜到，對方是在問：「你想吃什麼？」還有，因為你已經知道「漢堡」和「披薩」是什麼，你正坐在賣披薩的餐廳裡，聽到「pizza」時，應該很容易明白是說什麼；「hamburger」聽起來也很像漢堡，所以，你可以猜測「hamburger」就是指漢堡。

▲ 就算聽不懂 ketchup，也能從日常知識猜測其義。

過一會兒，你點的餐來了，你點了 hamburger with fries，送餐時服務員問：「Do you want ketchup?」說的同時，手

裡拿著一罐紅色液體小瓶子。

　　如果你會閩南語，聽到「Do you want ketchup?」這句話時，明白意思的機率是很大的，因為「ketchup」這個詞聽起來非常像閩南語的「茄汁」（[ke-jup]），而大家都知道吃「fries」（薯條）的時候，最好加一點「ketchup」。最有意思的是，「ketchup」這個詞屬於英語中的「外來語」，而它的由來就是來自閩南語「茄汁」的發音！

　　說起「fries」這個詞，當你第一次遇到時，可能不知道是什麼意思。或者，你從沒有遇到過，或者以前學的是「hamburger with chips」。此時，該怎麼透過已經會的東西來理解「fries」這個詞呢？因為我們都有自己獨特的經歷，能依靠的資訊都不一樣，因此每個人會有自己的邏輯和處理資訊的方法。我再跟你分享一個可能的邏輯，首先，你知道通常吃「hamburger」要配「chips」，當別人說「Do you want fries?」時，可以假設「fries」等於「chips」。還有，因為曾經吃過「fried eggs」（煎蛋），你知道「fried」等於「油炸」或「煎」，所以可以假設「fries」和「油炸」有一定的關係。因為你已經知道「chips」就是「炸薯條」，因此「fries」就是「chips」，也就是「炸薯條」。

❷ 利用外來語

　　透過前一點，你會知道我們可以利用華語的外來語，增加自己對含義的認識，例如「hamburger」是「漢堡」，「coffee」聽起來和「咖啡」很像，「pizza」就是「披薩」，「motorbike」是「摩托

車」，「engine」是「引擎」等。只要你聽到一個詞，聽起來很像你已經會的華語，而且在上下文裡，含義說得通，就可以當作自己的猜測是對的。

當你把「已知」的東西，結合上下文含義發揮到極致時，你就會自然幫助自己學到很多新的外語資訊。例如朋友到你家中做客，那天非常炎熱，你問對方：「What would you like to drink?」（你想喝什麼？）她回答：「I want something cool.」因為你學過外語的高頻率詞和膠水詞[8]，你知道「cool」等於「a little cold」，你也知道「something」等於「某一個東西」，因此你能推測對方要的是「冷飲」。

在此有一個重要概念必須強調，在外語溝通的環境裡，你的目標不是隨時都能記住所有聽到的陌生單字或句子。你的目標是利用你已經擁有的知識、資訊、生活體驗等，來明白人家在和你溝通什麼，所有的注意力應該放在明白含義，然後表現合適的反應，包括點頭、揮手等動作，溝通你想表達的含義。當我們的注意力放在理解和表達含義時，潛意識肯定會努力幫助我們記住單字和片語的意思，當我們多次接觸同樣的內容後，自然會記住它們。再多接觸幾次，你就能不知不覺地運用自如了。

---

8. 「膠水詞」是本書作者獨創的概念，目的是幫助其學生迅速掌握英語中的高頻率詞。膠水詞顧名思義就是像膠水一樣的詞，英語有超過 100 萬個單字，但有連接作用的膠水詞卻只有 70 個左右，數量雖然少，使用的頻率非常高，包含「in、on、at、between」等介詞、「so、because、and」等連接詞，以及形容大小、顏色的形容詞等。

❸ 利用已經熟悉的內容來學習

如果你沒有足夠的機會和外國人溝通交流，你仍然能夠利用前述提到的方法，把注意力放在理解含義上。在明白含義的基礎上吸收外語，並下意識自然「吸收」外語。

怎麼做到呢？有一個好方法是，多看自己看過的、並且是你非常喜歡的外語電影。因為你已經看過中文版，知道故事的基本發展，因此再看外文版的時候，跟隨故事情節，就會比較容易理解外語對話的含義，進而將這些外語資訊滲透到自己的潛意識裡。看的次數越多，你能吸收的外語自然越多。

用這個方法來學習的前提是，要相信你已經會的東西，並充分利用這些已經會的東西幫助你的學習。這樣做是不是馬上就能什麼都懂了？當然不是。在學外語的過程中，肯定會經常遇到你不懂的東西，這種時候，你有兩個選擇來決定自己如何使用注意力。你可以把注意力放在挫折感上，讓自己越來越氣餒；或者你也可以把注意力放在積極、有建設性的資訊上，抓住你已經會的單字，摸索非語義方面的資訊等。如果你能採用後者的態度面對外語，那麼，你每次接觸外語時，不管理解多少，你都能將自己的外語學習效益最大化。

❹ 中外對照法

前面我曾提及，可理解意思的輸入方法對學習有巨大的幫助。因此你得想辦法儘量隨時隨地到處用，來幫助自己學外語。除了前述的三種方法，也可以專門選擇「片語對照法」的內容來學習。例如，

有一些教材音檔是按照先中文、後外文的順序來錄製的，就會對你一邊理解含義，一邊吸收外語有很好的效果。假如這些教材音檔是以片語、短句配合場景的形式呈現，一定會對你的外語進步有更大的幫助。

每個片語都是由幾個單字連接，並拼湊在一起的，而且片語表達的意思比較固定。因此，可以把外語的片語和中文的片語對照在一起學習。好的學習素材，會把長篇的內容分解成一個個片語，然後把片語用先中文後外文的順序安排。這樣，在你學習的時候，會先遇到中文片語，理解含義之後，立刻遇到對應這個含義的外語，因此自然明白外語片語在表達什麼，你將會放心、安全地把所有的注意力投入於記住這個外文片語的聲音和文字形狀。經過幾次學習，記住這些片語也是自然而然的事了。如果是在理解整篇文章含義的情況下這樣學外語片語，下意識「吸收」外語的效果將會非常明顯。

根據潛意識的學習原理，假如教材音檔可以伴有美妙的音樂，你的學習效率就會再提高 50％以上，假如可以再加入結合學習內容的獨特節奏，你的記憶效率可以提高 3 倍以上。如果想了解以這種方法設計出來的學習內容，你可以參考這個網頁：www.kungfuenglish.com/106。

行為③：大膽組合，大量使用

我經常聽到有人抱怨因為自己詞彙量不夠，所以無法開口說外語；或是想說的時候，會先用華語思考要說什麼，然後一個詞一個

詞翻譯成外語,再試圖開口說。我相信,你一想到這個過程,心裡就會覺得很煩。在某種程度上,你可能也會覺得這種做法應該是不對的。小孩如果這樣學母語,可能到 8 歲、10 歲都還不會說話。

自然「吸收」母語的過程,不是先累積很多單字,然後規規矩矩地說話。正確的方法是,不管自己詞彙量有多少,先用自己會的單字,把它們拼湊在一起表達意思。這個效果,會比你想像的還厲害很多。

你知道嗎,即使你只會 10 個表示名稱的詞(名詞),10 個描述動作的詞(動詞),10 個形容詞,你已經擁有了 1,000(10×10×10)個能用的機會!當你會 100 個外語單字時,你能說的話已經超過一萬句了!你不需要會很多,你需要的是,把已經會的大量拼湊並組合起來,大量去用!不同的詞彙就像做菜的食材和調味料一樣,你可以透過不同的組合搭配,創造出不同的意思。無論是你的母語,還是你已經學過的任何一種外語,或你即將要學的外語,我們在用這些語言說話交流的過程中,都是在使用大家普遍熟悉的小單元,把這些拼湊在一起來溝通意思。也可以說,每一句話都是獨特的、是創造出來的。因此當你說外語時,要跟說華語一樣,輕鬆快樂地創造你想說的話。

當然,有些人會很擔心,這樣的學習會不會導致說話時出很多錯,被人嘲笑。答案很明顯,在剛開始學會說話時,我們所說的話會很簡單、很具體、不夠委婉等,好像小孩說話一樣,但是絕對是真實可愛的。跟人溝通時,別人通常會儘量聽懂你說的話,並且給你合適的回應。你和對方一起合作,他一定會用一切辦法儘量把你

的意思弄清楚，所以你沒什麼好擔心的。

更重要的是，只有經過這樣一個鍛鍊過程，你才能真正把外語學得道地！先把會的詞大量拼湊成短句，儘量說出你想表達的意思，這樣就能讓你在短短幾天內，非常熟悉你所使用的那些話語。在這個基礎上，你會更願意並更有能力消化新的詞彙和片語，你可以把這些已經會的內容添加到自己的外語工具包裡。經過這個過程，你的詞彙量會自然增加，你會越來越有能力明白你所聽到的外語，並可以自由地依據少數的含義單元，無限創造自己想說的話。

1. 生活文法

組合、拼湊、大量去用，這種方法肯定會讓一部分初學者感到不自在，因為擔心外語文法學不會、學不好。這個擔心是多餘的！首先，文法是透過自然階段來「吸收」的，「大量造句表達含義」是一個建立語感非常好的辦法，這就是你累積外語文法所需要的基礎，當然這個基礎是「生活文法」，不是「學術文法」。這種方法會幫助你迅速掌握外語的「生活文法」。你很可能在想，「生活文法」到底是什麼呢？

任何語言都有兩種文法，即「學術文法」和「生活文法」，它們之間的差異很容易明白，例如，目前還有很多不會寫字的老奶奶們，她們沒有受過華語的文法訓練，可是她們仍然可以自在說話、清晰表達要求，以及把合適的意見回應給你。她們不知道主語、謂語、賓語是什麼，但是她們可以暢快說笑，恰當得體表達自己。她們用的就是「生活文法」。

你可以回想一下小時候上國文課的經驗。我們在國文課上也會學文法，例如老師會要我們用「如果……那麼……」或「因為……所以……」等句型來造句。經過老師的講解，幾乎每一位同學都可以站起來，造出生動的句子，真奇怪！文法明明是很「難學」的東西，為什麼我們很快就能理解這些意思，並造出句子呢？最主要的原因是，每個學生都已經會了這些「生活文法」，所以老師只是陪著我們練習我們已經會的東西。仔細回想一下你就會發現，我們在課堂上學習這些華語文法前，早已習慣了聽爸爸說「如果你再調皮，（那麼）我就打你屁股」，或是「因為天氣冷，（所以）我們今天不去遊樂場了」。

在大腦的架構中，我們已經有了這些「生活文法」的框架，並且早已熟悉了它們的用法，所以國文課教的文法自然手到擒來，根本不費力氣。

從這兩個例子可以明白，上課學文法和真正用文法來溝通完全是兩回事。「學術文法」和「生活文法」的不同在於，「學術文法」讓你使用專業術語、分析和描繪每句話，不是要你在溝通的過程中，用這些「學術文法」來說話。除非你是語言學家，需要用這些專業術語和其他語言學家談論一門語言，否則，根本不需要使用「學術文法」。如果你學外語的目的，僅僅是為了說話交流、表達意思，「學術文法」絕對是多餘的，學好「生活文法」已經夠你聽說讀寫、交朋友、談生意，甚至簽署合約了。

2. 生活文法的類型

從前述內容我們能明白，生活文法就是我們平時用來組織語言的自然規律。為了學會這些自然規律，我們只需要認識和了解這些規律的功能。生活文法的規律包含了幾個方面：

(1) 用詞的順序，「我喜歡你」和「你喜歡我」的意思完全相反。

(2) 「小邏輯」，把不同含義連接起來的固定或半固定連接詞，例如英語的「if...then...」（如果……那麼……）。

(3) 「詞素」，用來表示不同狀態的字首和字尾。

(4) 利用「比喻」，揭開複雜的學術文法無法破解的含義之謎（詳見行為⑦中的「精通比喻融入外語文化」）。

我為什麼用小邏輯、詞素這些說法呢？主要的原因是利用它們，我們會把注意力轉移到外語單字之外的功能上。也就是說，發現一個架構，或者一個小的音節時，我們必定要考慮這個信號在表達什麼。經過多次遇到一個規律，可以一步步把它的功能摸索清楚。掌握這些規律更直接的方法，首先是多聽中文外文對照的學習內容，發現相關規律，把外語的規律直接連結到你心目中的概念。接下來我用英語為例，在學習中外對照內容的時候，你可能會聽到如下的內容：

你和我　You and I
學習　study

一起　together

一起學習　study together

你和我一起學習　You and I study together

　　透過對照兩種語言如何表達同樣的意思，你會發現兩個規律。
首先，你會明白「和」等於「and」。其次，你會發現英語用詞順序
和華語不同，就是英語把「一起學習」調換過來成「學習一起」。
透過這種中外對照，尤其是透過小單位來學習，可以很快掌握最重
要的溝通信號和生活文法規律。聽了很多次，習慣之後，自己就可
以開始刻意拼湊造句，很快就能習慣這些生活文法的規律。

3. 詞素

　　詞素是生活文法的一個重要組成部分。詞素不一定是一個獨立
的詞，可能只是一個有功能的小音節。雖然它很小，但是詞素的功
能非常重要。英語中的小音節，如：「-ing」、「-ed」等，它們都
有特別的功能。「-ing」是「正在」的意思，用來修飾不同動作的狀
態；「-ed」代表「過去」的意思，功能與華語的「了」一樣。

　　每一種語言都有詞素，每一種外語都有這種小信號，使用詞素
的規律，根據不同語種有所差異，例如日文有「は」、「を」等音節，
使詞句裡的不同部分更加分明。接下來，我們以土耳其語為例，在
土耳其語裡，「知道」的詞根是「biliyor」，在「biliyor」的後面都
會加入不同的詞素來表達「誰知道」，如表 3-1。

表 3-1　「知道」在土耳其語中的表現

中文	土耳其語	土耳其語的詞素
我知道	biliyorum	um
你知道	biliyorsun	sun
他、她、它知道	biliyor	-
我們知道	biliyoruz	uz
你們（都）知道	biliyorsunuz	sunuz
他們知道	biliyorlar	lar

從表 3-1 中，我們會發現，土耳其語利用「um」、「sun」、「uz」、「sunuz」、「lar」這些小音節來表達不同人與「知道」的關係，聽到不同的詞素時，我們就能明白「誰」知道。

4. 用括弧法找含義

我相信大家都能理解，大膽組合、大量去用能夠應付很多「短小」的溝通，但溝通不能只停留在短小的階段，總有一天，你要用富有邏輯和思想的溝通表達自己的觀點。那麼，如何看懂長句，如何自己創造長句呢？接下來我們仍然以英語為例。

很多人讀不懂英語長句的主要原因是，他們難以看到句子裡面的詞組。閱讀文字和聽人說話很不一樣。人在說話的時候，一下快、一下慢，有的詞說得大聲，有的詞說得小聲，在各個詞組間，他們會停頓一下。聽別人說話時，我們利用這些所有信號，幫助我們理解對方說的整句話。

例如，看看以下這個英語段落：

When you are reading something on paper you do not have those signals, so there is lots of missing information. On − paper − each − word − has − the − same − weight − as − any − other − word − you − can − not − hear − words − that − are − used − in − chunks − you − can − not − hear − when − a − pause − happens − so − you − can − not − hear − the − lexical − units.

　　如果你認為以上這段英語很難看懂，看看以下的中文內容（和上述英語是一樣的意思）：

　　可是，看書面文字的時候就沒有如上的信號，因此缺乏很多必要的資訊。在⋯⋯書⋯⋯面⋯⋯上⋯⋯的⋯⋯溝⋯⋯通⋯⋯每⋯⋯一⋯⋯個⋯⋯文⋯⋯字⋯⋯的⋯⋯重⋯⋯量⋯⋯與⋯⋯任⋯⋯何⋯⋯其⋯⋯他⋯⋯文⋯⋯字⋯⋯一⋯⋯樣⋯⋯所⋯⋯以⋯⋯你⋯⋯不⋯⋯能⋯⋯聽⋯⋯到⋯⋯含⋯⋯義⋯⋯模⋯⋯組⋯⋯也⋯⋯不⋯⋯能⋯⋯聽⋯⋯到⋯⋯停⋯⋯頓⋯⋯的⋯⋯狀⋯⋯態⋯⋯因⋯⋯此⋯⋯不⋯⋯能⋯⋯認⋯⋯出⋯⋯詞⋯⋯組。

　　看得懂嗎？這段中文應該和上面的英語一樣很難看懂吧？為了幫助你看懂，我再寫一遍，這次用「括弧」來分解，這樣就更容易看到重要的詞組。

(On paper), (each word) has (the same weight) as (any other word). (You cannot) (hear words) that are (used in chunks). (You cannot) (hear when) (a pause) (happens), so (you cannot) (hear) (the lexical units).

這次簡單點了嗎？我們也來看看中文吧？

（在書面上的）（溝通），（每一個）（文字的重量）與（任何其他文字）（一樣），（所以）你（不能聽到）（含義模組），也（不能聽到）（停頓的狀態），（因此）（不能認出）（詞組）。

這次是不是簡單一點呢？

大家看上述的內容會發現我用括弧把內容分解成一個個小模組，這些括弧代表一句話裡的核心邏輯，和說話的自然節奏。這個觀念有點像數學，例如 A + B×（C + D）= E，只是語言的括弧裡經常是小詞組，且不同括弧之間的內容大多數是膠水詞。每個詞組都代表一個整體概念，或是純粹的簡單概念（例如「我的車」），或是有幾個被修飾的不同概念（例如「我爸爸送給我的紅色的車」）。這裡的關鍵是，括弧裡是一個概念，哪怕它有很多的修飾。

我們再看看一個簡單的例子：「The bicycle track is between the road and the river.」

▲ 自行車道是在公路與河中間。

　　這句話裡有 3 個重要的方位概念——bicycle track（自行車道）、road（路）、river（河），也有一個表達方位的詞——「between」和幾個膠水詞。用括弧把句子寫出來可以寫成這樣：「（The bicycle track is）between（the road）and（the river）.」括弧裡的都是獨立的概念，括弧之間是膠水詞。

　　用同一個邏輯，可以把更長的句子寫出來，例如：「The old bicycle track is between the new four lane highway and the country's largest river.」這句話看起來很複雜，但是它的基本邏輯跟前一句一模一樣，如：「（The old bicycle track is）between（the new four lane highway）and（the country's largest river）.」唯一的區別在於括弧裡的資訊豐富度而已。

　　為了把句子的內容分解得更細，我們可以增加括弧，如：「｛〔The old（bicycle track is）〕between〔the new（four lane（highway））〕｝and〔the country's（largest river）〕.」這樣能看到每一個「詞組」所組成的概念部分。

　　在理解和使用外語時，要在自己心中用「括弧」把內容分成小的含義詞組，然後用膠水詞把含義詞組連接成長句即可。在這個基

礎上，可以一步步把含義詞組分解得越來越細！

行為④：從核心高頻率內容開始學起

快速學會任何技能的祕訣是，先把注意力放在「槓桿性」的知識，就像考試的時候，先解決容易回答的問題，然後鑽入更難的問題一樣。任何領域都有很多細節可以學習，每個領域各有深奧之處，如果要全都學會，需要一定的時間，絕對不可能一下子全部學會。但是，其中只有一部分是核心且關鍵的內容，當掌握這些內容之後，就可以說你已經掌握該領域的一大半了。

學外語是同樣的道理。英語有一百多萬個單字，幾乎沒有人能完全掌握，那麼選擇優先學什麼，將會影響我們學會外語的速度。捧著字典背單字絕對是效率最低的，甚至是錯誤的做法。幸好，想要把英語學得透徹，並且達到像母語者的程度，根本不需要學那麼多，更不需要同時什麼都學，只需要把注意力放在外語的核心，掌握外語的高頻率詞即可。所謂高頻率詞就是溝通中出現頻率高的單字，高頻率詞是外語溝通的核心。

語言學的研究已經告訴我們，以英文為母語的最優秀大學畢業生，英文詞彙量大約會有 2 萬個！非常有競爭力的英語母語者，平均詞彙量只有 1 萬 7 千個左右，而一般的英語母語者只會 8,000 個左右的單字！所以，學到 8,000 個單字後，你的英語水準已經和普通的英語母語者一樣好！當然，對一個從沒學過英語的人來說，8,000個單字聽起來非常多，但是想把外語學得非常好，根本不需要考慮

那麼多。

你知道嗎，一天學會 10 個外語單字，一年內已經可以應付 95％以上日常生活和工作交流的需要。這是怎麼計算出來的呢？語言學家經過三十多年的研究，已經證明英語的核心高頻率詞只有 3,000 個，這些高頻率詞足夠你應付日常生活、工作和商務溝通需要的 98％以上。更有意思的是，1,000 個高頻率詞就足夠你應付日常生活、工作和商務溝通需要的 85％以上。

高頻率詞和片語

現在，你應該很清楚結論了吧！為了迅速掌握外語，必須先好好學習出現頻率最高的單字和片語。要做到這個結果，只須做兩件事。首先，找到以學習外語高頻率詞為主的課程或素材；其次，從日常場景對話開始學，因為高頻率詞肯定會出現在日常場景的對話裡。掌握了這些對話內容，你就可以進入「用外語溝通的世界」了！

想要快速記住外語元素，一定要充分利用片語。為什麼記片語比背單字更容易？因為單字的意思通常是一對多，會讓你感覺太複雜，很難真正掌握。而片語的意思通常是一對一的，也就是說一個外語片語，通常只對照一個中文意思，因此更容易記住。更重要的是，只要你記住了片語，你就能在合適的場合使用它們，拼湊並創造你想說的話，這將對你的外語溝通能力和學習自信心大有幫助。

透過有效地學習片語，自然能達到「不用背就學會」的結果，原因是高頻率詞會到處出現在許多不同的片語裡，掌握這些日常片語，你就會重複遇到最重要、最常見的高頻率詞，而且每次遇到時

都有不同的上下文。各種實用的高頻率短句和片語，加上刺激神經系統的多媒體內容，想不記住都難！如果想了解用高頻率詞和日常場景組合的學習資料，可以參考這個連結：www.kungfuenglish.com/107。

我要特別提醒你的是，外語學習內容「重質不重量」，學習的過程一定要遵守「品質第一，數量第二」的原則。先把高頻率的單字和片語運用自如，比大量背誦單字更有價值。因為，這會讓你在迅速加強溝通能力的同時，把外語最重要的說法和規律，變成大腦神經儲存的資訊和技能。充分使用你已經會的，會讓你的大腦建立牢固的外語資料庫。這樣，再遇到新的內容，你也會很容易記住。

記得，掌握好核心內容之後，所有其他要掌握的外語內容，都會變得更容易吸收！

行為⑤：找到一個好的外語家長

我能保證，在你運用了前述幾個步驟的基礎上，再加上經常和「外語家長」進行交流，就會讓你的外語水準有突破性的進步！我到中國學華語的頭幾個星期，運氣實在太好了，那時我有幸遇到兩個北京人，他們成為我的華語家長。因此我在中國剛好待滿 6 個月時，就把華語的核心溝通能力練好了。這樣的進步效率，完全來自於我和我的華語家長頻繁交流的結果。當然，這樣的成績也是因為我自己願意下功夫把高頻率內容練好，積極主動地用它們大量交流。

找到外語家長是快速學會外語不可缺少的「絕招」。所謂的外

語家長絕對不是老師或外籍教師，家長的任務不是「教」你外語，家長的溝通方式跟老師不太一樣。

為什麼隨便找一個外籍教師，不但得不到預期的學習效果，反而會讓自己感到挫折，或失去學習外語的興趣呢？因為很多老師，包括很多外籍教師，他們在教學的過程中，只想表現自己或完成任務，他們根本不關心你現在的外語程度，以及如何溝通才能讓你自然吸收更多新的外語資訊。當然，外籍教師和老師都能學會如何擔任一位好的外語家長，前提是要明白外語家長的角色是「幫助你學習」，而不是「教」！

1. 什麼是外語家長？

首先，讓我們一起回顧小孩學習母語的場景：當孩子和父母對話時，父母很少糾正孩子說的話。剛開始學習母語時，孩子肯定會說很多不正確的句子，其他人甚至聽不懂，父母卻可以很清楚地明白孩子的意思。這是因為父母已經了解孩子的說話習慣，因此他們基本上能夠明白孩子說的話。也就是說，孩子即使說出錯誤的話，也能夠實現溝通的效果，還可以得到來自父母的正面鼓勵和回應。

在這個過程中，父母有時會重複問孩子是不是想說什麼意思，讓孩子在不被直接糾正的情況下，得到一些調整過的正確資訊。孩子就這樣在不知不覺的情況下，獲得許多正確的語言範本，並且開始下意識培養語感。另外，家長有機會經常跟孩子說同樣的話，並且重複講同樣的故事。因此，孩子聽懂的內容就會越來越多。由此可見，家長的行為幫孩子學會母語創造了一個非常有效的可理解輸

入的環境。當孩子的注意力放在溝通的效果上時，語言就被自然「吸收」了。

所謂的外語家長，就是類似「孩子家長」的一個角色，他會為你創造可理解輸入的環境，幫你逐漸培養語感，用舒服的方式給你正確的回應，讓你的溝通產生效果。因此你的語言能力就會舒服自然地提升。

外語家長應該要對你這個人感興趣，因此他會很願意和你進行大量的對話。

選擇外語家長時，不要找想教你的人，一定要找喜歡和你交流的人，這樣才能讓你擁有一個可理解輸入和「沒有批評」的良好學習環境。

2. 狹窄輸入

經常與外語家長交流，也會創造另外一個非常重要的條件，叫做「狹窄輸入」。大多數人學外語的時候，認為必須閱讀很多不同來源的內容，才可以學會足夠的生詞，從而達到掌握外語的目的。跟著這個規律，他們會選擇一些學習外語的讀物，每天閱讀來自不同作者、不同領域的內容。可是，很多科學研究告訴我們，這種學習方法的效果並不好，因為不同作者的寫作風格和習慣都不一樣，更換作者時，必須先習慣新作者喜歡用的詞彙和表達方式的規律。

還有，不同主題的內容可能是完全跨領域的，而每個領域的概念都不一樣，所以每次換領域，肯定會遇到很多你不懂的生詞。如果你在讀外語文章時，發現太多你不會的生詞或片語，你就會看不

懂整個內容所表達的含義,因此無法達到可理
解輸入的條件。這樣的學習會讓你覺得非常吃
力,容易產生挫折感和放棄的念頭。

▲ 狹窄輸入的內容
有一定的範圍。

你會發現,跟一個外語家長進行交流時,
根本不會遇到這些問題。因為你的家長肯定會
重複很多次、用他習慣的說話方式跟你溝通,
因此你很快就能夠掌握這些表達規律。還有,
很少有外語家長會在說話時頻繁地轉換領域,他們通常都會把話題
限制在自己喜歡和習慣的主題範圍內。有的外語家長會重複描繪同
樣的事情和故事,因此你跟他交流時,能確保自己在一個相對固定
的範圍內。這種「狹窄的溝通狀態」一定會提高你的理解能力,也
會增加你的信心。在理解能力和自信心一同增加時,你會下意識地
感到開心,自然地「吸收」更多外語。

外語家長可以很自然地為你提供一個「狹窄輸入的環境」,除
此之外,你也可以透過選擇合適的閱讀素材,保證自己處於狹窄輸
入環境。該怎麼做呢?我們再來回想一下學母語的小孩,是如何迅
速提高自己的閱讀能力。

如果你去觀察母語學得比較好的小孩,不難發現他們經常看書,
或者看動畫,而且他們總是重複看同樣的東西!孩子喜歡選擇同一
個節目,或者同一個作者寫的書,他們經常多次看相同的內容,甚
至看了十多遍也不覺得厭煩,這樣的閱讀方式是非常有效的。

同一位作者的用詞風格,通常會帶著相同的幾個規律;同一個
節目的語言,通常也是帶著固定的幾個規律。因此孩子在看的時候,

就是面對相同的內容和幾個固定的規律。這樣，孩子的注意力可以完全集中在故事和溝通的內容上，而不需要去在乎偶爾遇到的生詞。因此，他們的語言能力就會快速提升！

學外語也不例外，如果你能在早期多讓自己面對相同的內容，或閱讀同一位作者的書，就會給自己創造一個可理解輸入的環境。狹窄輸入的原理告訴我們，你在選擇外語學習內容時，不需要找很多不同主題的內容，也不需要找很多不同作者寫的文章。一位作者的著作，完全足以幫助你掌握外語的核心，把這個核心掌握好之後，你就有能力接觸新的內容，面對新的對話對象！

行為⑥：掌握發音的絕招

有些外國人說華語時，雖然他說了很多，但是你很難聽懂他在說什麼。另外也有些外國人開口說華語時，儘管他才說了一兩個詞，你會立刻感到他的華語說得真棒，在心裡相信他的華語一定非常流利，甚至達到了華語母語者的水準。這兩種人都會說華語，差別在哪裡呢？主要是發音不同。實際上，無論學哪一種外語，都不能小看發音的重要性。你的發音越接近母語者的水準，別人越容易明白你在表達什麼。不只如此，你的發音越正確，對方越會把你看作他們的「自己人」。發音當然需要一定的功夫才能練好，但是下功夫把發音練得正確，帶來的結果是非常值得的。

1. 發音問題來自臉部肌肉和耳朵

很多人在學外語時覺得發音很難學，背後有兩個原因。首先是外語中有一些聲音是華語沒有的，剛開始學習時，基本上你的臉部肌肉沒辦法一下子把這些聲音正確地發出來，因為有些外語發音與你已經習慣的華語發音有很大距離。換句話說，剛開始學外語時，你的臉部肌肉對外語的發音會有一些僵硬，你的臉部肌肉到不了需要去的位置，也因此從嘴巴發出來的聲音不太對。這絕不是一輩子改不了的大事，只是一個短期的狀態而已。只要合適地下一點功夫，就能改變這種狀態！

發音不正確的問題，不只是臉部肌肉造成的，大腦的聽力系統也有責任。因為你的大腦不習慣外語的一些聲音，所以剛開始學習時，這些聲音會聽得很模糊。因為聽得模糊，便很難搞清楚如何把這些聲音發得清楚。簡單來說，聽不見就無法模仿。

這兩個問題一定能解決，但是切記要遠離傳統的發音教學方法。

2. 錯誤學習方法把發音搞得更糟糕

除了臉部肌肉僵硬和聽覺模糊之外，傳統的學習方法把發音學習的難度也增加了不少。傳統的學習方法是用 48 個國際音標，搭配各種解剖的口腔圖來教英語發音，其實國際音標和單字就是同一個外語聲音的兩個符號。這種學習方式讓你的注意力集中在兩個符號之間的關係。我相信大家能夠理解，同一個時間學兩個符號系統，無法讓你擁有標準發音，更沒辦法讓你說出一口漂亮的口語。

還有一點必須強調，文字不會發出聲音！很多人光看這句話可

能會有點不明白,「文字不會發出聲音」是什麼意思呢?這是一個心智模式的問題。經過很多年的實戰經驗,我發現大多數的外語學習者都認為,書面的文字和發出來的聲音有因果關係。也就是說,他們都認為只要看看外語文字的拼法,接下來,機械地從文字走到聲音,就能正確地把音發好。可惜,這個邏輯是錯的。因為任何語言的字母或文字都不會告訴你,怎樣用自己的舌頭和臉部肌肉發音!例如,華語的「了」,既有 [le] 的發音,也有 [liǎo] 的發音,但是,「了」這個字本身不會創造這些聲音。因此要學好任何語言的發音,要經過多聽和模仿聲音來實現。

看文字學發音的問題確實很嚴重,因為我們對不同的文字可能已經有了一些印象,例如若你學過漢語拼音,在看英文單字時,很容易把漢語拼音的規則覆蓋在英語的實際發音上,結果是只聽到自己腦子裡記憶的聲音,聽不到英語本身的發音。因此多數人都把發音學歪了。又或者你學過英語,但是以前老師的發音不正確,這樣問題也很大,這些錯誤的發音會儲存在記憶裡,讓你說話時使用錯誤的發音。

因此,學外語發音時,必須先從聲音開始學起,不能從文字開始。

3. 最正確的外語發音練習法

為了把發音練得正確,主要任務是把聽到的聲音和自己臉部肌肉和舌頭的感覺聯繫起來。也就是說,你需要感覺到口型、舌頭的位置、臉的鬆緊度,然後根據這些感覺,調整自己的臉部肌肉。調

整時要聽到自己發出的聲音，同時比較記憶中正確的發音。如果你發現有差異，就要再調整臉部肌肉的位置和感覺，再發一次聲音，反覆這樣做，到最後自己的發音就會接近你的目標發音。

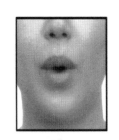

who

▲ 學發音時模仿
母語者的臉部
和口型。

除了聽聲音並調整自己的臉部肌肉之外，練發音還有一個絕招，就是「看臉說話」，意思是模仿外語母語者的臉部和口型來練發音。當你面對一位外語母語者時，可以看著他的口型和臉部肌肉怎麼用，包括舌頭放哪兒、牙齒的位置、口型長怎麼樣等。一邊聽聲音，一邊觀察對方的臉部肌肉，然後自己跟著學。利用眼睛看到的資訊，來幫自己調整臉部肌肉的運動方式。看臉學發音，可以將發音正確率提高到 90％以上。模仿母語者的臉部和口型，就像孩童牙牙學語一樣，一個詞一個詞地看著媽媽的臉，想學多少次就學多少次，直到學會為止。

要掌握外語的標準發音，一定要有好的範本，好的範本要具備標準外語口語的發音和口型，供你模仿和學習。真人當然很好，但是對很多外語學習者來說，很難找到真人範本，加上成年人跟孩子學語言的方式很不一樣，整天盯著對方的臉和嘴巴練發音，對成年人來說會有一點不自在。幸好現代科技可以解決這類問題，你可以透過專門的發音訓練影片來練習自己的發音，隨時隨地把「發音教練」從自己的口袋裡拿出來，用幾分鐘時間觀看範本，自己跟著模仿、練習發音，這比面對真人模仿要舒服和方便得多。範例可以參考這個連結：www.kungfuenglish.com/108。

4. 發音正確後,再練習拼寫規則

　　我在前面提過,學發音絕對不要從文字開始,要先掌握臉部肌肉和聲音之間的關係。當然,建立這個基礎後,也要開始注意文字的拼寫和發音的關係。把這個關係掌握好了,就可以在念書時把詞念得正確,也可以在聽到生詞的時候,大致正確地把它拼寫出來。接著,確認這個生詞的意思或查詢字典,就會變成一個簡單的過程。

　　當你能夠聽清楚外語的音節,並把這些外語聲音模仿得大致正確,你就可以很快掌握外語發音所對應的拼寫規則。例如,英語只有44種發音,71種字母和字母組合的拼寫規則。掌握了這些字母和字母組合的發音規則後,看到任何陌生的單字,你都能標準地念出來,聽到任何陌生的單字也能正確地拼寫。

　　怎麼學拼寫規則呢?最簡單的方法是,觀看彙集同一個發音的單字影片,觀察外語用什麼字母來代表這個聲音,自己從中總結規則。每天聽和看幾個不同的外語發音影片,總結一下規則,你就能在短短幾週內,掌握好外語發音所對應的拼寫規則。我們發明FaceFonics™發音訓練時,就是要達到這個成果,把不同音節彙集在影片課程裡,便於學習者踏實又高效地學會外語的每一個音節,同時掌握不同的字母或字母組合,代表不同的發音。

　　想知道如何用這個方法學習外語發音和拼寫規則,可以參考這個網頁:www.kungfuenglish.com/109。看了這個範本,你會發現有的影片課程是無字幕的,有些有英語字幕,有些有中文字幕。設計FaceFonics™課程之前,我們從學習心理、學習規律等角度做了相關的調查。結果發現,如果是直接學習有字幕的發音訓練課程,

人們總是會在自己的大腦裡聽到不標準的發音，覆蓋了標準範本的發音。所以，無論你是初學者，還是有一定基礎的學習者，要先用無字幕的學習影片，把發音練準確後，再看文字。

行為⑦：同一個盒子，不同路徑

　　相信你很清楚，為了真正學會外語，遲早必須懂得用外語思考。也就是說，能夠直接將腦袋中的意義連結到外語的聲音，根本不需要經過中文翻譯。能用外語思考問題，屬於外語學習的「holy grail」（聖杯，比喻大家都追求的高峰境界）。好消息是，要達成這個結果不需要任何特殊的能力，任何人都能透過後天培養而獲得這項技能。

　　你一定見過一些人，他們說外語時總是要先在腦子裡思考中文，再把想好的中文翻譯成外語。這樣說話效率低、速度慢，因此無法跟上母語者的對話速度。這種結果來自於他們在學習的過程中，完全仰賴左腦翻譯式的分析方式學習。例如，一個人在學習「火」這個字的英文時，他會一遍又一遍地在大腦裡跟自己說「火，fire」，甚至在筆記本上重複寫：Fire ──火。

　　如果你曾經用過這種背誦的方法來記住英文單字，我相信你會發現它的效率有多低，效果多麼不理想。經過這樣的過程，你會建立從英語到中文的條件反射，也就是聽到英語就先思考對應的中文詞彙。反之亦然，要說話時先想到中文，然後翻譯成英語。雖然這個方法不是不行，問題在於它的效率太低。如前述，在與別人進行

口頭交流時，這個方式速度太慢，你會經常反應不過來。更嚴重的是，透過這個方式來學習，就是在培養錯誤的大腦學習神經路線。越是熟悉這個方法，就會越偏離正確的方法——距離直接用外語思考的目標越遠。為了建立外語思維的良好基礎，必須用另外一個鍛鍊方法。

只有把外語的聲音和內心的畫面含義連結到一起，才是下意識高效率的學習，也就是用外語溝通時，說話的感覺和效果與說母語一樣。其實所謂「外語思維」就是這個意思——聽到外語，在腦海中看到畫面，同時注意自己的感覺，說話時也是直接從畫面和感覺連結到外語。這樣直接的路線，根本不需要考慮中文。把外語詞彙和內心世界的感覺融為一體的技能，需要專門訓練。當你具備一些初級的外語溝通能力時，把外語的聲音和大腦中的視覺、感覺刻意連接起來，就是把外語練到母語者水準最快速的方法。為了更深入理解這種方法，首先要明白「同一個盒子，不同路徑」（Same box, different paths）的概念。

在本書中，我們只針對華語母語者學外語，如何達到用外語獨立思考的境界，我們可以用「同一個盒子，不同路徑」來代表「Same box, different paths」的含義。

「同一個盒子，不同路徑」的主要含義，來自於我們對人類大腦處理資訊的科學認知。人類對世界的認知和記憶，最主要來源不是文字或語言，更基礎的是神經層面的 5 種感覺，包括：視覺、聽覺、觸覺、嗅覺和味覺。我們透過神經系統不同器官的反應，認識我們的世界、回憶我們的世界。為了證實這一點，你可以做一個簡單的

思維測試。請你回想一位對你的人生有重要意義的人。

你是怎麼回想的呢？是否看到那個人的表情、神態，是否感受到曾經跟他／她在一起的感覺呢？

我想和你分享我的一個經驗。每年差不多在同一個時間，我會突然想起大學四年級時，心理學考試剛考完的那個下午。我不是故意去想，只是我會突然看到校園的景色，包括白白的水泥建築，青青的草地，草地上坐著剛考完試的同學們。這個場景好像昨天剛發生似的，我不會用語言來描述它，只是這個場景突然出現在眼前。你可能會好奇，為什麼這個場景會突然冒出來？更奇怪的是，為什麼會在每年幾乎同一個時間想起這個場景？答案很簡單——溫度和味道。香港春天的溫度、溼度、植物花粉的味道，都與考試那天很相似。因此當春天到來時，我會感覺自己在香港生活的環境，與我大學四年級考試當天的整體感覺很相似。因此我就會突然想到考試那天的場景。

再回到你自己的思維測試吧。如果你小心觀察自己頭腦中的第一個反應，我相信你一定會發現，第一反應就是畫面、聲音和感覺。接下來，當然會有語言，但是語言很少，感覺和圖像才是最主要的反應。從人腦功能研究的觀點，我們發現人的大腦主要依賴非語言的資訊認識世界，在記憶的方面，五官的系統要比語言系統強很多倍。在此，我把你五官的視覺、聽覺、觸覺、嗅覺和味覺，這些資訊和記憶比喻為「同一個盒子」。

若說到「火」這個概念，我們的大腦中會出現火的圖像。

說話時，我們會先從「盒子」裡的信號開始，然後連結到語言。

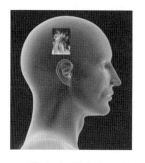

▲ 腦中出現「火」的
圖像。

那麼,在跟別人溝通時,我們需要把自己「盒子」裡的感覺和思維,變成別人能明白的信號,這個信號就是我們說出口的語言。別人與我們溝通時,也用同樣的聲音信號,把自己心目中的畫面和感覺傳達到我們的腦子裡,根據這些信號,我們可以再創造畫面和感覺,因此明白對方在說什麼。

如果因為某些不同的原因,我們聽到別人說話,但是自己腦中不能創造畫面和感覺,那麼,我們就不一定能明白對方在表達什麼。例如,在聽一個非常艱深的專業演講時,很可能什麼都聽不懂,主要原因是所聽到的詞彙和話語,不能調出我們大腦中合適的畫面和感覺。

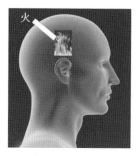

▲ 跟別人溝通腦中的
感覺和想法時,要
透過語言變成別人
能明白的信號。

　　一門語言就是把頭腦中的意思傳達出來的一條資訊路線。對華語母語者來說,華語是從大腦出來的一條最

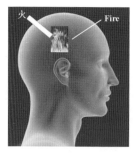

▲ 母語和外語的路徑
寬度不一樣。

大、最重要的資訊路線,外語是從大腦出來的另外一條完全不同的資訊路線。外語和華語屬於「不同路徑」(different paths)。透過左圖,很容易理解這個概念,圖中代表一個剛開始學外語的華語母語者的狀況,你會發現他的「火」的路線很粗、很結實,但是英文「fire」的路線,很細、很薄弱。學外

語的目的是把外語這條資訊路線變得和華語一樣粗、一樣結實。

用「同一個盒子，不同路徑」的方法學外語，你能在學習的過程中，自然建立好對外語的直接認識。因此無論說還是寫，你都能直接反應，完全不需要中間的翻譯過程。為了達到這個效果，在學外語時必須下功夫把你的外語「路徑」（path）練得越來越寬、越來越順。看到這裡，我相信你在心裡已經認識到，依賴背單字、在腦子裡把外語和華語互相翻譯，是永遠做不到用外語獨立思考的。為了在對話中做到用外語獨立思考和快速反應的理想結果，你需要直接鍛鍊你的外語「路徑」。怎麼練呢？有兩個主要方法。

1. 故意創造和運用畫面

第一個步驟，要故意把外語的聲音和文字，直接連結到你大腦中的基層含義。這些基層的含義就是你心中的感覺、聽覺、畫面等。開始練這個功夫時可能需要一點時間，因為這個算是建立一個全新的習慣。為了練好「同一個盒子，不同路徑」的能力，你可以先從具體實物開始。例如，有一個東西，它的中文名稱是「檸檬」，你可以看到一個黃色的東西，在舌頭上感到它酸的味道，你能感覺到用手拿著它的分量和觸感。在這個基礎上，你給它另外一個名字，就是英語單字── lemon。

所有具體的實物，你都可以用具體的方法來練習。最後，當你看到那些東西，外語的名字就會自然浮現。

抽象的概念跟具體實物相比，會稍微複雜一點。但是，也可以用同樣的方式來記憶。首先，任何概念在你的頭腦中，都有一大堆

和它有關係的具體資訊，包括時間、地點、發生過的事情等，這些屬於那個資訊的基層含義成分。你只需要把外語的聲音和文字，與那個「資訊」直接連接起來即可。當然，為了幫助這個過程進行，你可以故意創造一些記憶鉤子，例如笑話或漫畫等，越風趣越好。這個過程會幫助你把新的外語資訊更快地跟你的基層感覺建立牢固的連結關係。

　　你越能把外語的路徑連接到基層的資訊，你就能越快把外語變成自己運用自如的溝通工具。

2. 用比喻找到含義的本質

　　在建立自己的外語路徑時，也要特別注意比喻，因為比喻可以解決很多語言學習上的問題。實際上，在各種語言裡，比喻都是一個核心部分。比喻有 3 種不同的類型：一類是常用比喻，大家都認識的，例如「楊柳細腰」──用來比喻好像柳樹一樣纖細的腰，形容女子的身材苗條，這種比喻大家都明白，而且人們經常使用。英語裡有「one-way street」、「keep me posted」等常用比喻，「one-way street」表示單向道，用來比喻「沒有回頭路，你要想清楚了，再做決定」，「keep me posted」是指「請持續把消息傳遞給我」，這個比喻來自網路發明前的時代，要把資訊傳遞給別人需要透過郵寄的方式。

　　另外兩種比喻是：新創的比喻和凍結的比喻。先說新創的比喻，前陣子我的同事陳美含談到「the blanket agreement」（毛毯協議），這是她一位前歐洲客戶創造的比喻，用毛毯比喻協議的框架和覆蓋

框架的重點。這個比喻很恰當，所以我們內部都開始用類似的話來溝通。實際上，所有比喻都來自新創比喻，如果新創的比喻是恰當的、受人歡迎的，就會有越來越多人使用，因此這些新創的比喻會隨著時間而逐漸變成常用比喻。

常用比喻用的時間久了，就會導致人們「忘記」這句話或這個詞是比喻的現象，我把這些被忘記的比喻命名為：凍結的比喻。例如「寬容」這個詞，表面上你可能很難想像它是比喻，但如果你回到它原本的意思「寬大的容器」——就會明白，它是用寬大的容器來比喻一個人的心胸寬廣。

華語有很多凍結的比喻，例如「走神」也是個好例子。神是什麼？古人認為神就是一個人的靈魂，是一個具體存在的東西。如果你的神走了，等於肉體還在，人的靈魂不在，用來形容人雖然在但注意力不在了。反之，「留神」用來形容注意力集中。「走神」和「留神」都是凍結的比喻。

英語裡，凍結的比喻也非常多。例如「breakfast」，我相信你知道 breakfast 是早餐的意思。現在讓我來解釋一下 breakfast 的含義，以及它為什麼是凍結的比喻。breakfast 由兩個詞組成，一個是 break，意思是「打斷」；另一個是 fast，意思是「禁食」。因此 break fast 就是「停止禁食」，用來比喻停止持續了整個晚上的禁食，現在開始吃東西，就是早餐。

很多時候，比喻就是語言的重要靈魂，如果一個人只看單字表面的意思，忽視一個單字或幾個單字在一起（即片語）所比喻的現象，意思就會非常難懂。當你對比喻的存在變得敏銳了，你的理解

能力將會大幅提高。要學好外語，離開初級水準後，就要多下一點功夫，直接研究和理解外語的比喻。當你不理解一句話時，也可以問問自己，這句話裡是否有一些比喻。

用比喻的機制來理解意思，不僅會幫你建立外語思考的習慣，也會幫你解決很多複雜文法沒辦法解釋的難題，因此，透過認識和分析比喻，你會感受到獨立破解外語難關的成就感。用比喻的觀念面對外語也有其他的好處。首先，為了明白一個比喻多多少少需要動腦子，思考它背後的具體現象，然後聯繫到所表達的抽象概念。這個過程逼著你進行「深度處理」，因此幫助你建立好的記憶。不僅如此，因為比喻在本質上是一個具體的現象，所以更容易在心目中建立畫面和感覺。當然，這個對記憶的幫助也非常大，因為比喻會用到我們的不同器官，自然能加強我們的記憶。

3. 找對話對象，進行外語交流

為了強化你的外語「路徑」，要儘量找機會用外語說話。找一個對話對象，進行真正的交流，這是最好的辦法。交流時最好圍繞自己真正的生活和你感興趣的主題。這樣，你會比較容易把外語的聲音與你內心豐富的基層資訊和記憶相互連結。如果你在交流時遠離自己具體的真實體會，從一個和你生活無關的抽象主題開始，你會感覺到很難聊。談論概念時，如果你過於遠離已經掌握的概念範圍，會讓你在溝通上比較吃力，因此容易灰心。為了避免這種問題，要儘量多用一些時間，先表達自己熟悉的資訊和概念，在這個基礎上再慢慢往外擴張。還有，開口練習說話時，最好找一位「外語家

長」，因為這樣可以保證你處於可理解輸入的狀態。

記住，要把外語學好，一定要建立外語的「路徑」，把它練得寬、練得順。假如你已經學會了華語和英語，那麼你已經有了「一個盒子，兩條路」，假如再開始學習第 3 種語言、甚至第 4 種語言，你就會擁有更多路。總之，一個盒子可以連接很多很多條路，就看你自己需要學會多少種外語了。

第 4 章

6 個月學會英語的
行動指南

　　前 3 章我們已經清楚地闡述了快速學會外語的重要原則和行動，只要好好利用這些原則和行動，就可以在相當短的時間內學好一門外語。我經常用一個口號來描述這個結果，就是「6 個月搏 10 年」。這個口號的意思是，在掌握正確方法的前提下，每天投資相同的時間，6 個月的學習效果可以超過傳統學習方法 10 年的結果。也就是說如果每天只學一個小時，6 個月後你會得到比每天用一個小時的傳統學習方法連續學習 10 年更好的結果。

　　如果專注學習，6 個月完全足夠學會一門外語，包括英語。在這章中將詳細描述如何執行 6 個月從零開始學會英語的行動計畫，只要認真跟著這個計畫學習，在 6 個月內就能達到理想的效果。因為許多人對英語的興趣和需求較大，所以此章的例子將以英語學習為主。其實，不管你要學習什麼語言，邏輯和具體的學習計畫都是一樣的。

　　讓我們再次確認，學會英語的標準包括：

1. 你已經掌握了英語的最高頻率單字和片語，你能聽懂，也能自己獨立使用。在英語裡，掌握 1,000 個最高頻率詞，完全足夠你解決日常生活溝通所需的 85％，3,000 個高頻率詞可以滿足日常溝通、工作及商務交流的 98％以上。

2. 你可以很自然地使用你已經會的單字和片語，來創造你想說的任何句子，溝通你想表達的意思。當然，有時候你可能找不到最確切和最巧妙的說法，但是你絕對有能力找到能用的詞來表達你想說的話。

3. 聽到陌生單字時，你可以輕鬆地請別人解釋給你聽，而在這個過程當中，你有能力用外語來了解和接受一個新的概念，同時，你也有能力吸收這個概念帶給你的生詞。

4. 你的發音已經接近母語者。可能有的地方不是 100％一樣，但是這些絕對不會對溝通造成阻礙。

5. 你說英語的節奏、速度、輕重、停頓等，已經完全符合母語者的習慣，而且你說話時會感到很自然。你也會很恰當地運用禮節和最普遍的感嘆方式來表現日常「共鳴」，進而達到友好溝通的目的。

6. 你已經完全掌握了母語者的身體語言溝通方式，包括一些臉部表情和手勢等。

7. 你已經建立了語感，心裡知道哪些說法是大家都認同的，也感覺得出來哪些說法有一點偏離大家習慣的說法。

8. 同時，為了學得更快，你也要懂得累了就休息。

第一天學習計畫的焦點

為了把任何外語學好，包括英語在內，首先要滿足兩個非常重要的內在條件——目標和思維。目標要從第一天開始就好好定下來，而思維要從第一天開始就建立一些重要的習慣。首先我們將深入探討如何看待目標和思維這兩個條件，接著就開始進入第 1 週的詳細學習計畫。

1. 明確的英語學習目標

英語中有一句話：「百萬富翁每天看目標一次，億萬富翁每天看目標兩次。」所以，確定自己的目標，經常關注自己的目標，對實現目標有非常重要的意義。首先，目標清楚以後，你會知道怎麼樣分配注意力，也會更知道怎麼樣調配自己的時間和相關資源。還有，當遇到不可避免的難題和障礙時，記得目標可以帶給自己動力，進而繼續向前努力。當然，目標不是隨便定的，必須認真考慮，制定一個你真正想要的目標，要思考你的目標是否合適、是否值得追求。

所以，為了把英語學好，你必須今天就拿起筆，把你的英語學習目標寫下來。記得思考：你為什麼要學？要學得多好？想想當你達到目標後，自己生活上的變化。還要想想，當擁有強大的新技能時，你的感覺如何？可以用下方的欄位，來詳細描述你的英語學習目標。現在就寫下來吧！

我的英語學習目標

_____

_____

_____

_____

_____

　　看看你的目標。你喜歡嗎？它對你有巨大的吸引力嗎？如果你覺得有挑戰性，但是一定能做到，那麼這是一個非常好的開始。日後要經常想起自己的目標，經常看著自己的目標，每天問自己：「今天有沒有下功夫往這個目標前進？」哪怕每天只有一點點進步，仍要堅持朝著目標的方向走。

　　當然，只有一個大的目標，是不足以給你所需要的幫助和指導的，除了大目標之外，也要有階段性的小目標。這些小目標算是前往大目標路上的里程碑。例如，在聽力方面，你的第一個里程碑應該是，把英語聽力從模糊變得清楚。然後，聽力的里程碑應該是「可以把英語的節奏聽得很明顯」，接下來是「能預測下半句對方應該會說什麼」等。在發音方面，里程碑包括「練到嘴巴痠疼」、「能大致模仿 50％的英語發音」、「能把英語發音說得 100％正確又自然」等。在詞彙方面，里程碑包括「好像聽過」、「聽到片語或單字時大概明白意思」、「能從自己的腦子裡把片語拿出來用」等。

　　因為這種小目標和里程碑比較多，你不需要馬上都確定下來，但是在學習的過程中要經常注意自己是否已經達到上個階段的小目標，以便制定下一個新階段的小目標。為了幫助你掌握指定的階段性目標，接下來的學習計畫已經把 6 個月學會英語的大目標分解成一系列的小目標，例如第 1 週的重要目標應該是什麼，第 2 個月的目標應該是什麼等。當你進入每一個新的學習階段時，要好好理解這個階段的核心「微目標」，把主要功夫用在達到這些階段性的里程碑。這樣下來，你的學習速度和效果肯定會有所改善。

2. 從第一天開始就用英語思考

如果不斷用自己的母語思考和分析英語，會覺得英語好像學不好、學不快，常常會聽不太懂英語母語者說的話、自己說話時反應不過來等。為了把英語的聽、說、讀、寫能力培養到能夠運用自如，必須運用英語思維。這樣，大腦使用英語就會越來越像使用自己的母語。到了這個階段才算是真的會了。

很多人以為必須學很多年，累積非常多詞彙，學會很多文法之後，才能開始建立一點英語思維。大家好像覺得英語思維這個現象是偶然的，而且是很多年辛苦學習的最終結果。其實，這個想法是錯的，因為越早形成英語思維，就會越快把英語學得像母語一樣，而且英語思維可以刻意培養。只要從第一天開始，建立一些好習慣就可以了。在以下的學習計畫裡，我會提出每一個學習階段應該建立的好習慣，為了方便你記住英語思維最核心的幾個習慣，我分別把它們列出來。

❶ 會一個詞，就用一個詞

第一個重要習慣是，「會一個詞，就用一個詞」，意思是當你學會任何一個片語或單字時，從會的那一剎那開始就要每天儘量使用這個單字或片語，來溝通你要表達的含義。例如從會說「thank you」的第一天開始，你就必須每天找很多機會說「thank you」來感謝人。你學會「tea」之後，你要每天說「我想要 tea」，然後儘快進步到「I want tea.」，在這個基礎上，當你之後跟人互動時，就會

有機會聽到「I want to have tea.」，接著，你會很快地自然進步到用「I want to have tea.」來表達你的意思。這樣做有幾個非常重要的原因，首先，你在給自己的大腦傳遞信號，讓潛意識徹底明白，英語的詞彙和片語是你每天都要用的溝通單元。當你的潛意識明白你的認真之後，大腦會更加配合學習。

其次，使用的時候會加強自己的記憶，從「被動記憶」提升到「主動記憶」。學英語的過程中，首先會建立所謂的被動記憶，即當你聽的時候，你能明白是什麼意思，但不一定能夠把腦子裡的詞都拿出來用。在這個基礎上，最後一個步驟是從腦子裡把詞彙拿出來用。第一次可能會覺得有一點困難，需要再複習一下才能使用，但是經過四、五次的嘗試，學會把內容從腦子裡找出來用之後，這些內容就會變成你完全擁有且能運用的內容了。

再來要避免退縮。我想大家都很清楚，如果肌肉不使用就會萎縮，大腦神經和記憶也一樣，不使用則會退化。如果你學會了一個片語但不使用，過幾天你大腦中的記憶會慢慢淡薄，最後消失。反之，你每次都拿出來用，那個單元的記憶會變得越來越牢固，到一定的程度就很踏實了，跟母語一樣。

最後，越用新詞開口說，你的大腦會越快建立條件反射，而這樣的條件反射，是英語思維的重要組成部分之一，例如當你看到右圖這個東西，會馬上想到或開口說「that cup」，就說明你

▲ 看到這個東西，你腦中會想到它的英語嗎？

已經在進行英語思維了。當然，剛開始學習時，自己的英語思維不會像母語思維那麼豐富、龐大，但是你已經具有英語思維了。在「有」的基礎上，你的任務只是把「有」變得「更多」、「更廣」。

所以，從「知道一個新詞」那天開始，就馬上開始重複並大量用那個詞，這是毋庸置疑的方法。你越是這樣做，就越會發現自己已經在進行英語思維了。

❷ 養成自言自語的習慣

很多人看到前述「會一個詞，就用一個詞」的習慣，可能首先的反應是「我沒有說話的對象，所以根本沒機會拿出來用」。當然，有說話對象是很好的，但是缺乏這種資源或機會時，還是可以繼續開口，把新學的語言說出來。怎麼做呢？自己跟自己說話，也就是自言自語！例如，你在家裡時，看到不同的傢俱、衣服、食品、東西等，可以開口用英語來描述你所看到的東西。看到一瓶啤酒說「a bottle of beer」，看到冰箱說「fridge」等。

這樣做不僅限於單字上，你可以想像自己將會遇到的場景，然後自己跟自己進行簡單的對話，像在複習內容、準備演講似的。如果有對話的對象，也可以用自言自語的方式，自己先練習，然後再跟你的對象進行交流。

自言自語的好處有很多，我們可以透過這個方式不斷提升自己的發音正確度，可以將新詞牢記在記憶中，也可以把最常用的詞句自動化。因此一聽到外國人說話，你就會在不知不覺中有正確的反應，這個也是英語思維的重要組成部分之一。為了盡快達成這個結

果，最好是每天有空就儘量用英語自言自語。當你把自言自語變成習慣以後，你就會發現，每一天你都有很多時間用來說英語了！

❸ 用內心的畫面和感覺連接每一個新詞

在第 3 章裡，我們談到了「同一個盒子，不同路徑」的概念。我們的「盒子」包含了大腦中不同的神經系統的反應，包括視覺、聽覺、觸覺、嗅覺、味覺等。世界上的每一個人，都是經過這些神經反應來認識周圍。語言屬於五個器官外的另一個系統，我們都是先經過五個器官的處理，然後把頭腦中的感覺「翻譯」成語言。我們說話時，詞語只是大腦中的感覺和畫面的標籤。我們透過語言這種聲音標籤，把心目中的視覺和感覺傳達給別人。當你開始學英語，就應該開始給自己的大腦和神經系統建立一條「英語路徑」。

在我們的成長過程中，我們要先透過不同的器官來認識世界，然後學會母語的不同標籤和說法，來描述我們對世界的感知和認識。為了把英語學好，我們就需要把大腦中的各種資訊，直接透過另外一條路徑與別人溝通，也就是說我們必須掌握英語的標籤和說法，從大腦中的神經信號開始，直接用這些標籤來溝通。

很多人在學英語時，從第一天開始就會犯一個巨大的錯誤，就是用翻譯的方式來記住新學的詞。這樣做很難建立一條直接通到大腦中的新路徑，結果變成不管自己開口說，或是聽別人說，都必須經過母語的翻譯步驟。最終的結果自然是不可能建立一條「英語路徑」，因此沒辦法直接運用英語思維。

怎麼避免這個問題呢？要從第一天開始，刻意把英語的「標籤」

直接連結到你大腦中的畫面和感覺。每當遇到一個新詞,要刻意看到和感覺到這個新詞所代表的東西或場景。起初,這可能有一點難,但是越練就會越容易。如果你能夠持續練習幾個星期,就會自然養成一個習慣。經過這樣一段時間的練習,你會發現當別人說英語時,你能直接看到畫面場景,因此你可以很有效率地、真正地理解別人的意思。自己說話時,也會先從自己的感覺開始,直接用英語的單字和短句來表達你的意思。這是建立英語思維必備的技能。

6 個月學會英語的具體計畫

接下來,我把 6 個月的學習分成 10 個階段,第 1 個月按每週來分,第 2 個月按雙週來分,第 3 個月到第 6 個月,每個月各自分為一個獨立的階段。每一個階段的焦點和要做的行動有所不同,每一個階段也有不同的目的。

前面我提到,除了 6 個月的大目標,還必須有短期「里程碑」式的目標。所以,在每一個階段裡,我會先標明該階段必須瞄準的「微目標」,然後講述該階段核心的行動。好好執行不同的行動,你很快就可以達到那個階段的核心目標。

每個階段中都會有一個特別的框框,框裡會描述你需要養成的「新習慣」,前述的「自言自語」也是其中一個習慣。總共有 11 個幫助你掌握英語的好習慣,全部派上用場後,你會每天在不知不覺中吸收和「獲取」英語,並且自然用英語進行交流。在一個階段裡讀到的新習慣要每天使用,刻意連續使用 21 天或更長時間,直到把這個

習慣徹底變成你自動的行為。如果還沒到 21 天已經進入下一個階段，那你還是要繼續堅持上一個階段的習慣，並練習新接觸的習慣。

第 1 週：大量聽＋掌握開口說話工具箱

第 1 週的目標

做為英語初學者，第 1 週是非常重要的，需要在幾天內看到自己的某些進展，也要鋪墊對英語的舒適感和信心。因此，在第 1 週，你只要關心兩個重要的目標：

1. 掌握開口說話工具箱。
2. 聽英語時，讓自己的耳朵、腦子和內心感到舒服。

除了掌握開口說話工具箱，第 1 週的目標，只是要開始習慣英語的聲音，甚至喜歡聽英語的聲音。英語必定跟華語有區別，而很多人遇到這種區別的時候，容易產生排斥的心理反應，導致日後的學習難度高很多倍。所以，在第 1 週，你一定要把英語聽慣，要聽到舒服，你的耳朵要感到舒服，你的心要感到舒服，你的大腦要感到舒服。哪怕什麼都聽不懂都沒關係，只要堅持聽到感覺「熟悉」和「舒服」即可。

第 1 週的行動計畫

為了達到上述兩個目標，這週有 3 個重要的行動，如下一頁：

❶ 第1週行動1：大量泡腦子

首先，在這週裡，要用泡腦子的方法，聽大量的英語內容。語言學研究告訴我們，小孩在9個月內聽了一百多萬個母語的「單字」，進而小孩的大腦會下意識地找出母語的聲音規律並聽習慣。因為有這個雄厚的基礎，9個月後的小孩對母語的聲音已經非常熟悉，聽母語時也覺得既舒服又自然。在這個基礎上，孩子會自然感到一種非常有意思的體驗——有很多單字，聽一次就能記得。主要是因為這些單字符合自己已經會的聲音規律。

做為英語初學者，你的主要任務之一是模擬小孩的母語學習過程，早期大量聽英語的內容，讓大腦迅速找出這些英語的聲音規律並聽習慣。這個過程將幫助你建立好自己的「英語基因」。

泡腦子的時候，要選擇兩種內容——即將要應付場景的內容和成熟、自然的英語內容，例如廣播的對話、電影、有聲書等，你所選擇的內容最好是你自己感興趣的為佳。聽這種成熟的內容有幾個好處，一是它們可以很快覆蓋英語最高頻率的所有聲音，因此，你可以重複聽到同樣的規律，這樣一來，你的大腦會下意識把這些聲音規律掌握好。這樣「泡」也解決聽覺系統英語過濾的問題，聽得越多，在聽覺系統裡越能把英語的「音節過濾」建立起來。

為了實現泡腦子的效果，要使用正確的聽法。

首先，泡腦子時要把注意力放在英語的節奏和旋律上，要注意哪裡說得快，哪裡說得慢，哪裡要大聲，哪裡有停頓等。剛開始聽時，你很可能什麼都聽不懂，但是沒關係。你的目的不是聽懂，你的目的是聽清楚，然後聽得舒服和自然！

接著，在泡腦子時最好讓自己的身體動一動，例如一邊聽一邊走路或跑步，當你感知到聲音的節奏時，就要讓你的身體跟著那個節奏來動。讓自己身體的肌肉參與學習過程，可以給大腦留下更深刻的印象。因此把資訊更牢固地刻在自己的腦子裡。如果用帶著音樂的英語內容，一邊聽一邊有節奏感地「跳舞」，會讓你更容易習慣英語的節奏。你可以參考這個連結中音樂搭配英語的內容：www.kungfuenglish.com/110。

再來，在泡腦子時要忍耐歧義，這對學習效果尤其重要。如果你泡幾分鐘，因為聽不懂而感到心煩或很睏，先停一下，深呼吸和動動身體，然後繼續聽。要提醒自己，你是在聽節奏和旋律，聽不懂是沒關係的。每次這樣停頓後，要把聽的時間比之前延長一點，到最後你起碼能每次泡腦子半個小時或更久。隨著這個過程，加強自己忍耐歧義的能力。這也是快速學會英語的一個重要祕訣。為了把泡腦子的過程變得更輕鬆有趣，可以聽帶有音樂的內容，這樣會讓你的身體自然參與，也會讓你更願意重複聽同樣的內容，進而把英語學習當成樂趣。

最後，在聽的過程當中，要注意自己聽力的變化。剛開始，肯定會覺得很多聲音是模糊的，甚至有的聲音基本上聽不太出來。聽多了以後，你會慢慢發現，這些聲音一步步從模糊不清，變得自己能聽得很清楚。如果你拿著一些內容聽了四、五遍，然後覺得很清楚，這當然是個好結果。當你聽清楚之後，要接著多聽，直到把這些內容聽得十分熟悉為止。如果你把一些內容聽了 20 遍或 30 遍，還是覺得有很多聽不清的地方，就接著聽，可以聽 50 遍、80 遍，甚

至 100 遍以上。為什麼？因為你的目的是聽清楚，也是聽得舒服和自然，聽的次數越多，就越接近這個目標。

❷ 第 1 週行動 2：練好你的開口說話工具箱

開口說話工具箱是你能馬上用來溝通的最簡單直接的短句，而這些短句的基本目的是給你方法詢問關於英語溝通的問題，並給你方法調整英語溝通的過程。開口說話工具箱包括：

- 請說慢一點。
- 那個（東西）是什麼？
- 這個（東西）怎麼說？
- 請再說一遍。
- 我不太懂，請再說一遍。

在一週內，練好三、四句，你已經可以開始用這些進行簡單的交流了，並且用英語問關於對話的實際問題，進而在溝通中，你也能一邊交流，一邊累積更多簡單的詞彙。在第 1 週裡，不要考慮一句話裡什麼是名詞，什麼是動詞，你只要記住整句話，並能夠說出口就可以。例如「Please speak more slowly.」這句，幫助你取得的溝通效果就是對方說話會慢一點。或「How do you say that?」取得的溝通效果是，對方會告訴你某個東西用英語怎麼說。在第 1 週裡，你不需要知道這些話的結構，你只要懂得把它們說出口，並說得對方大致能聽懂你在表達什麼即可。

為了掌握好開口說話工具箱，最好運用幾個步驟。首先，找找專門錄製開口說話工具箱的內容，方便自己隨時隨地拿出來聽，內容可以圍繞以下 8 個溝通場景：

- 你好，我的名字叫小王。
- 我剛剛開始學英語。
- 我想要一杯水。
- 那個英語怎麼說？
- 你想吃什麼？
- 我不明白，請你說慢一點。
- 現在幾點了？
- 讚揚和鼓勵。
- 問題工具箱：5W（Who、What、When、Where、Why）。

再來，剛接觸新的場景內容時，先用泡腦子的方法，多聽開口說話的對話。要重複多聽，直到自己可以聽得很清楚、很舒服，不覺得有任何奇怪或不自然。你不一定聽得懂，但是一定要聽得很清楚。

聽清楚後，要開始透過片語對照的方法來練習。合適的內容會把對話分成片語，用先中文後英語的方法錄製音檔，你聽這些音檔的時候，會完全沉浸在可理解輸入的環境中，也就是你在學英語時，會首先明白自己所學這句話的意思。片語分解法，也是讓你的潛意識開始吸收英語的文法規律。這種內容最好配著音樂，讓片語跟著音樂的節奏，這種形式叫做「片語歌」。如果用片語歌來學習，你

可以輕鬆快樂地聽很多遍，同時更容易聽出英語的節奏怎麼用。當然，也會很容易讓自己的身體參與學習。

聽片語歌的時候，聽清楚後要繼續聽，你會發現自己能「感覺到」接下來會聽到什麼，聽中文的時候，你已經知道外文會說什麼，到最後，你能夠跟這些音樂一起「跟著說」。學到這個程度時，算是掌握一半以上了。最後就是運用出來。想試試這種學習方法，可以參考這個連結：www.kungfuenglish.com/111。

把片語歌的內容聽到能自然跟著說的時候，要開始刻意使用這些內容，進而把這些英語真正變成自己的。為了達到這個效果，你可以先想像一個場景，然後開始自言自語，例如你想像一個杯子，並問：「What is this?」（這是什麼？）這樣練習最重要的開口說話工具箱中每一句話，練到你隨時能輕鬆拿出來用為止。

當你能開口說 5 ～ 7 句的時候，要不斷地把它們拿出來自言自語，目的是使這些英語在自己的大腦中形成自動化反應，要做到你能隨時隨地使用。這樣，當你跟英語母語者朋友在一起時，就可以很容易、很舒服地說出這幾句英語，經過真實對話，你能累積更多的英語詞彙和短句。

❸ 第 1 週行動 3：七個英語發音配合 30 個詞彙

從第 1 週開始，你需要每天花一些時間動動嘴，練習英語發音。除了多聽，為了迅速掌握英語的發音，要一邊看發音範本，一邊跟著說。為了隨時隨地練習，最好採用 FaceFonics™ 影片發音訓練的內容。若想多了解 FaceFonics™ 的學習素材，可以參考這個連結：

www.kungfuenglish.com/112。

　　在第 1 週，最好先練習 7 個和華語最相似的聲音，這樣你就會感到比較簡單，也能建立自己的信心。例如，你可以選擇從那些和華語很像的發音開始練起，例如「啊」、「哎」、「咿」等類似的母音。也可以練一些華語已經有的子音，例如「哇」的「w」音，「吧」的「b」音等。這些聲音不是單獨學的，一定要透過說單字來練習，只是在說單字時，你可以把注意力集中在不同單字的尾音、中間的母音等。為了練好每一個發音，你可以模仿有那個發音的 6 ～ 8 個單字，這樣你可以透過 30 ～ 50 個單字，練好英語的 7 種發音。

　　在表 4-1 中，我列出了 28 個華語已經有的發音。和每一個發音有關的字母用不同顏色標示，要特別注意標出來的部分的發音。例如 week 這個單字，需要注意的是用藍色標示的 ee。你會發現，英語的不同字母組合可能是同一種發音。為了掌握好發音，我也給你提供漢語拼音和漢字例子，靠你已經會的聲音來練習！不過，你以前不一定能在英語的環境裡注意到你已經會的東西。你可以利用表 4-1，用自己已經會的東西迅速提高你的英語發音水準。

　　還有要強調一點，就是學發音必須從聲音開始。發音跟嘴巴和耳朵有關，文字只不過是輔助的符號。我不主張學國際音標練發音，所以也沒有提供國際音標給大家，請從我們已經會的聲音開始吧！

表 4-1　28 種英語子母音發音

	音的描述	英語代表單字	對應漢語拼音	對應漢字例子
1	起始輔音「b」	brother, bank	bu, bao	不、包
2	起始輔音「k」	king, cab, echo	ke, kao	可、考
3	起始輔音「s」	safe, celery, sword	su, san	速、三
4	起始輔音「d」	day	dao, da	到、大
5	起始輔音「f」	five, phone	fa, fei	發、飛
6	起始輔音「g」	go, game, get	gu, gao	古、高
7	起始輔音「h」	happy, help, him	he, hai	和、還
8	起始輔音「m」	map, man, meet	men, mu	門、目
9	起始輔音「l」	like, light, long	le, ling, long	樂、領、龍
10	起始輔音「n」	nut, knife, next	ni, ne	你、呢
11	起始輔音「p」	pink, pay, paper	pa, pu	怕、撲
12	起始輔音「qu」	quick, quiet	kuai, kuan	快、寬
13	起始輔音「t」	test, tape, time	te, tao	特、套
14	起始輔音「w」	want, we, wake	wo, wa	我、哇
15	起始輔音「y」	you, yes, young	ye, you	也、有
16	起始組合輔音「sh」	shape, chef	shan, she	山、射

	音的描述	英語代表單字	對應漢語拼音	對應漢字例子
17	起始組合輔音「ch」	chase, change, cheap	chang, chan	長、蟬
18	起始組合輔音「wh」	white, what, when	wo, wa, wu	我、哇、五
19	長音「a」	taste, steak, eight, they, wait, pay	wei, pei	未、配
20	長音「aw」	small, law, fault, daughter	mo, po	摸、破
21	「a」的發音	asleep, pizza, rather, father	wa, shan	哇、山
22	長音「ar」	car, far, farmer	er	二
23	長音「ee」	week, me, seat, easy, mosquito	yi, li	一、利
24	長音「i」	nine, night, my, I	cai, nai, ai	才、奶、愛
25	長音「o」	boat, soap, show, although	dou, sou	豆、搜
26	母音組合音「ou」	how, round	bao, tao	包、套
27	組合音「ts」	lots	can	餐
28	組合音「tion」	mention, attention	shen	身

　　在這個階段用 FaceFonics™ 發音訓練影片，或模仿真人臉部口型時，不要看文字，也不要關心詞的含義，更不要擔心能不能記得。你練這個的目的，是把自己的發音調整到跟發音範本一樣。為了做到這個結果，你要把全部的注意力放在英語的發音和範本的臉部，然後跟著影片的示範，自己說說看。例如你可以立刻試試這個連結，跟隨發音範本影片練習一個英語的發音：www.kungfuenglish.com/113。

　　聽範本發音時，你要好好注意自己臉部和嘴巴的感覺，想像自己發出的這個聲音，臉部和嘴巴的感覺是怎麼樣的。自己試著說出口時，也要注意嘴巴和臉部的感覺，同時聽聽自己發出的聲音。要注意自己的聲音跟範本的聲音一樣嗎？如果不一樣，你能聽出差別在哪裡嗎？

　　當你發現自己發的聲音和範本不一樣時，要調整舌頭、嘴唇或臉部的其他肌肉，然後再練一遍，注意這些生理的變化引起了什麼樣的聲音變化。

　　如果你開口說話時，好像聽不到自己的聲音，也可以錄下自己的發音。錄完後要播放出來，對比自己的發音跟範本之間的區別，用這個來幫助自己聽出差異，然後調整自己的發音。要記得，錄音就像是使用拐杖！最終的目的是建立自己的嘴巴和耳朵之間的回饋循環，要做到耳朵聽到時嘴巴就會有感覺，耳朵能聽到自己說的話，這樣你就可以不斷調整自己，每次開口說話都要注意調整發音，這樣就會說得越來越標準。

建立新習慣！

經過這週的 3 個行動，你要開始把以下兩個重要的習慣建立起來。確保在前 7 天裡，能夠堅持住這兩個習慣。接下來，在第 2 週到第 4 週的時間裡，繼續鞏固這兩個習慣，變成你日常生活的一部分。

習慣 1：用自己的右腦，調整每天進入英語頻道

泡腦子、聽節奏片語歌、讓身體動一動參與學習和跟隨影片訓練發音的幾個不同方法，這些都是在讓自己的右腦參與英語學習，而且透過這樣的方式，你就把整個人調整到英語頻道中。你越常使用英語頻道，你的大腦和神經系統就會越習慣那個頻道，最後的結果是你可以隨時進入英語頻道，甚至可以同時用英語和華語兩個頻道。為了達到這個效果，請注意每天做以上訓練時，把進入英語頻道變成不可缺少的小儀式。

習慣 2：想到任何英語問題，自動用英語發問

第 2 個必須建立的新習慣是，任何時候想問關於英語的問題，一定要用英語來問。當你遇到關於英語的任何問題時，先用英語來思考，用自言自語的方式在心裡發問，然後再開口問。要做到只要有關於英語的任何問題或疑問，你就會自動用英語來思考和提問。

在第 1 週裡，用英語來思考英語的問題，肯定會讓你覺得不自在，因此必須先「逼迫」自己，用你已學的開口說話工具箱來思考和發問，如果發現自己回到華語，要馬上停下來，從頭用英語想。要重複這樣做，直到把英語變成你的第一個選擇。到那時你已經建立了一個幫助自己學習的好習慣。

第 1 週能看到的成果

當你認真按照前述的 3 個行動，並把兩個新習慣建立好，學習 7 天後，你能得到如下的成果：

1. 認識 50 ～ 80 個英語生詞（這個是聽到的，知道含義，不一定能自己拿出來用）。
2. 把 7 個英語發音說得 80%～ 90%正確。
3. 能夠用英語詢問英語對話中的問題。這個成果是一個非常重要和強大的基礎。

第 2 週：聽得清楚＋能用一些詞溝通

第 2 週的目標

第 2 週也有兩個核心的里程碑。達到這兩個目標之後，你已經有了一個非常好的英語核心基礎。

❶ 把聽的內容聽得非常清楚

上週你的目的是把英語聽得舒服。這週要把聽力提高一階，把所有聽到的英語聽得很清楚。清楚的意思是，你能把不同的音節區分出來，能清楚聽到每一個片語，甚至每一個單字。也就是說，你聽到一句話時不再是模糊的，而是能聽到每一個獨立的單元。雖然你能聽得清楚，但你不一定能聽懂，在目前的階段這是正確的。

❷ 掌握高頻率高價值的詞

這週的第二個目的是掌握高頻率、高價值的詞彙。最高價值的詞是那些經常出現又可以讓你描述周圍具體現象的詞。例如：

- 你、我、他、它。
- 這個、那個。
- 這邊、那邊。
- 數字。
- 顏色。
- 方位表達工具箱（大小、位置等）。

將這些槓桿性的詞學會之後，你就可以開始和別人進行簡單的對話，滿足一些日常具體溝通的需要了。例如，可以說以下這些話：

- 把紅色那個給我。
- 我要三個。

- 那邊、那個東西、大的。

在此要說明一下「學會」的意思。學會等於聽別人說話時，你能看到或感覺到大腦中的含義，例如對方說「The red one?」，在大腦中你能看到紅色。反之亦然，你自己想到一個含義時，可以直接用英語的詞彙說出口，例如，當你在美國某城市的咖啡廳買蛋糕時，人家問「How many?」，你感覺到自己要三個，就自然從嘴裡說出「Three.」。能這樣去運用任何片語或單字，就算已經學會了。

第 2 週的行動計畫

為了達到上述兩個目標，這一週有 4 個重要的行動，以下分別詳述。

❶ 第 2 週行動 1：泡腦子，繼續聽節奏和旋律，聽清楚單字

這週要堅持用泡腦子的方式多聽英語內容，除了聽場景對話內容，可以開始多聽英語的著作，也就是說你可以找一本有聲書開始多聽。要選擇你自己感興趣的話題或作者，因為這樣的內容才與你有重要關聯。

你可以選擇類似我的另一本英語著作《第三隻耳朵》（*The Third Ear*）這類有聲書。《第三隻耳朵》的內容講述如何快速學習任何一種外語，如果你對快速學英語或其他外語有興趣，這本書是一個很好的選擇。當然，你也可以選擇自己有興趣的其他主題著作，例如小說、歷史故事類都可以。前提是你所選擇的讀物最好滿足如下幾

個條件：

- 少有古老、生僻的詞。
- 大量出現高頻率詞。
- 故事情節及語言風格符合現代人交流的習慣。
- 整本著作使用的詞彙量最好在 8,000 字左右。

在第 2 週，泡腦子的方式跟上週略有不同，在泡腦子時你肯定會開始注意突出的聲音，例如個別單字、一些片語和常用短句等。當你聽完整豐富的英語內容時，基本上不會全部聽懂，但是可能會開始明白一些小詞組，尤其是你已經遇過的最高頻率詞。

在泡腦子時，如果是新的內容，一定要把自己的注意力全部放在這些內容的旋律和節奏上，每次起碼堅持 15 ～ 20 分鐘，然後休息一下再繼續聽。如果一些內容已經聽得比較熟悉，就可以一邊做跟語言無關的事，一邊聽泡腦子的內容。例如打掃衛生或準備吃飯時，可以一邊做家務一邊泡在英語裡，也可以一邊鍛鍊身體一邊泡腦子，跟上週一樣，讓自己的身體參與學習的過程。

❷ 第 2 週行動 2：聽 10 個不同的場景內容，到能用為止

這週要開始學習日常生活所需的場景內容，例如搭車、餐廳點餐、問路、買東西、社交等最基本話題，如「你從哪兒來？」等。最好鎖定 10 個你很快會遇到的溝通場景，然後把最高頻率的對話片語掌握好。想要學得快，帶著音樂的片語對照學習素材就非常有效，

可以參考這個例子：www.kungfuenglish.com/114。

透過這些場景，你會很快從中注意到數量詞、代詞、顏色、高頻率動詞等。這些都是你能迅速開始使用的小含義單元。

學習場景的過程是：

- 先用泡腦子的方式聽不同場景的對話，聽到感覺很熟悉為止。
- 接著，聽場景對話的片語歌，到能「跟著說」的地步。如果聽一個片語就能感覺到下一個片語是什麼會更好！
- 在聽中外對照片語時，要開始建立你的「英語路徑」，聽到每一個單字或片語時必須要創造一個突出的畫面或感覺。也就是說，聽中文片語時要馬上注意腦海中的畫面和感覺，然後聽到對應的英語片語時，把心目中的畫面和感覺「貼」在英語上。
- 開始用自言自語大量練習。你要想像不同的場景，然後把場景的簡單對話說出口。

❸ 第 2 週行動 3：不斷使用上週學的開口說話工具箱

雖然你已經在學新的內容，不要忘記上週學的開口說話工具箱！要不斷自言自語，把開口說話工具箱變得自動化，也要儘量找機會去用。如果你已經到國外了，你就要每天出門找人對話，儘量一天使用很多遍工具箱。如果你還在華語環境裡，最好找一個英語家長，線上或線下都可以，先試用你的工具箱，看結果怎麼樣。

表 4-2　場景示範列表

你好，我的名字叫……	要我送你一程嗎？
你想吃什麼？	我想要一杯水。
嗯，好吃！	數字
月、星期、日	一個房間一晚
不好意思，洗手間在哪裡？	直走，然後左轉。
喂，我是……（電話交流）	是你掉東西了嗎？
你可以幫我嗎？	那個用英語怎麼說？
你好嗎？（你的感覺如何？）	我們喜歡做一樣的事情。
現在幾點了？	多少錢？
哪一個比較好？	年、月、日
是誰？	人際關係
明天天氣怎樣？	我不舒服。
同情與關心	我不明白。
我剛剛開始學英文。	時間不早了。
我們去喝一杯吧。	寄一封信
我想上網。	更多數字
好久不見。	附近有沒有提款機？
你試過嗎？	我做錯了什麼？
安全嗎？	反義詞
超級短句 1：緊急情況	如果你有空，我們可以去看電影。
超級短句 2：不耐煩與誇張	超級短句 3：鼓勵與讚揚

❹ 第 2 週行動 4：持續看 FaceFonics™ 發音訓練影片

練習 7 個新的英語發音，複習上週學的 7 個發音。如果每個發音有 6 ～ 8 個代表單字，透過練習 14 個不同發音，你會遇到 40 ～ 80 個單字，而且一部分因為上週已經遇過，會不知不覺在腦子裡有一定的印象了。

第 2 週能看到的成果

經過第 2 週的學習過程，你能得到如下成果：

1. 你會被動認識 200 個左右的單字。
2. 你能夠在固定的詞組裡利用 50 個左右的單字。
3. 你已經學會：你、我、他、數字、顏色、方位表達工具箱。
4. 能聽懂 5 ～ 7 個不同的日常場景的高頻率對話。
5. 有 7 個英語發音正確，還有 7 個英語發音 80％～ 90％正確。

發音要持續練，好好複習上週已經學的 7 個發音，然後增加 7 個新的發音。跟上週一樣，只要看發音範本的臉來模仿聲音，不要看文字，也不要在意記得多少單字。發音的訓練不要過多，最好是在一天裡分別練幾次，我建議一天練 5 次，每一次把練習時間控制在 5 分鐘以內。

建立新習慣！

這週要增加兩個新習慣。

習慣 3：連結耳朵和嘴巴，打造發音正確度回饋循環

發音正確與否基本上取決於自己是否能聽到開口說話的聲音對不對，然後恰當地調整自己。為了得到這個結果，你需要把自己的嘴巴和耳朵連結起來，變成一個發音準確度的回饋循環。

聽別人說英語時，要刻意感覺到自己的嘴巴該怎麼用才能發出那種聲音。自己說話時，要聽到自己的發音，並且注意到嘴巴是什麼感覺才能產生你現在聽到的聲音。

所以，從這個星期開始，要先刻意建立這個回饋循環。看 FaceFonics™ 發音影片時，要刻意觀察自己嘴巴的感覺。聽片語歌時要刻意感覺到如果跟著說，嘴巴會有什麼感受。然後開口說話時，必須聽到從自己嘴巴裡發出來的是什麼聲音，感覺到自己嘴巴是怎麼樣把這個聲音發出來的。

每次聽和每次說都要下功夫把這個習慣建立起來。練久了，就會變成一個下意識能用的好習慣，遇到新的口音你會發現很快就能跟上。

習慣 4：把英語聲音直接連結到腦海中的畫面和感覺

還有一個非常重要的習慣需要儘早建立起來，就是把腦海中的畫面和感覺跟英語單字和片語直接連結起來。這週要下功夫開始習慣這個過程。在聽片語歌的過程中，聽到中文時要馬上感覺到大腦中的反應，注意自己大腦中的感覺和畫面。然後，聽到對應的英語片語或單字時，要感覺到那些英語聲音就是代表你腦海中的畫面和感覺。

看 FaceFonics™ 發音影片，練習發音時也要注意，跟隨每一個單字的聲音，你能看到一個插圖，這個代表你所聽的意思。你可以把插圖和自己聽的聲音連接起來，或可以另外選擇自己的畫面和感覺。

這個習慣要練到什麼程度呢？要做到別人說話時你在腦海中不斷看到畫面和感覺到他所表達的意思，自己說話時也要注意自己腦海中的畫面和感覺，因此就可以隨便選擇不同的「路徑」，華語路徑或英語路徑。

為了得到最後這個結果，從今天起，要不斷把說的和聽的話跟自己腦海中的畫面和感覺連結起來，持續到這個過程變成自動的為止。

第 3 週：大膽組合，大量去用

前兩週，我們把大多數的時間花在輸入英語上，也就是你在聽英語、吸收英語、練習英語發音等，好像小孩剛出生的時候一樣。跟小孩有一點不同的是，在前兩週裡你是刻意掌握一些自己能用的小短句，並開始開口說話。雖然開口說話的比例很少。從這週開始，開口說話的比例要提高！

第 3 週的目標

跟前兩週一樣，第 3 週也有兩個核心的短期目標。達到這兩個目標的時候，你已經正式進入開口說英語的階段了。

❶ 開始用英語開口、真實溝通，能應付 2 ～ 3 個場景

這週最重要的目的，是要能夠用英語進行真實的溝通，例如在兩、三個場景裡進行真實的英語對話。或者你可以搭乘計程車，跟司機說自己的目的地，或在餐館裡點菜、買單等。這個目的意味著，你能夠在真實生活裡用英語滿足自己的基本需要了。

❷ 建立拼湊英語短句的能力和信心

這週的第二個目的是，你要能夠用已經會的幾個單字和片語，輕鬆靈活地把它們拼湊在一起，創造你自己覺得重要的小小對話。你要做到有信心地運用自己已經會的單字。

第 3 週的行動計畫

❶ 第 3 週行動 1：繼續泡腦子，擴大關注的資訊

在這週，大量泡腦子還是你學習的重要行動，要不斷聽。最好每天聽的時間達到幾個小時，甚至每天有 6 個小時在泡腦子的狀態裡。泡腦子時你可以聽很多已經熟悉的場景對話和場景對話片語歌，也可以大量聽有聲書的內容。聽完全不熟悉的內容，每次堅持 15 ～ 20 分鐘就可以了。假如你對所聽內容已經很熟悉了，重複多聽只有好處，因為這會提高大腦幫你聽和處理英語的自動化程度。

基本上到了這週，你要隨時把自己的大腦泡在英語的聲音環境裡，你可以一邊走路一邊泡，一邊開車一邊泡，甚至快睡覺前都可以泡一會兒腦子。當然，能夠一邊泡腦子一邊鍛鍊身體也很好。

這週泡腦子時，除了聽節奏和旋律之外，要下功夫注意自己已經會的最高頻率單字和片語，包括上週已經遇到的代詞、顏色、數字等，只要聽到自己已經懂的詞或片語就一定要鼓舞自己，這個正面的回饋在潛意識裡肯定會給自己加油！

也要注意自己還不會但是特別突出的聲音，例如英語的「the」、「to」、「an」、「a」等。在突出的高頻率詞組裡，肯定也會有一些英語的「膠水詞」，例如「和」、「但是」、「所以」、「那麼」等。如果發現自己已經懂一些了，那麼恭喜你！如果有的詞很常見但是你還不懂，要問自己「那個聲音應該是什麼意思？」這個步驟很重要。刻意給自己大腦一個「等著被回答」的問題，潛意識就會開始透過不同的途徑幫助你找到答案。

❷ 第 3 週行動 2：複習已經會的場景，增加 12 個新場景

上週你已經掌握了 10 個場景，這週除了透過泡腦子多複習那些場景內容，還要聽和掌握 12 個新的場景對話內容，為此要持續用片語歌和片語對照法的方式。記得要在聽片語歌的時候聯想自己腦海中的畫面和感覺，加強你的「英語路徑」。學習的方式跟前兩週一樣，先「泡」新的對話內容，然後聽片語歌，直到能跟著說，然後想像場景，透過自言自語來練習。

還有一點要注意，在用片語對照法來學習時，你的大腦會自動發現英語說話的習慣和英語文法的規律。例如，如果你多次聽到「正在去」、「going」或「正在吃」、「eating」，你會自然明白「-ing」等於「現在正在發生的動作」。我們的潛意識非常善於無意中發現這種多次重複的規律，所以如果你開始有一種「明白」的感覺，覺得「某某英語說法等於華語的某某說法」時，最好相信自己！不要考慮太多，也不需要深入分析，首先接受自己的初步結論，然後開始用！有時候你的結論不完全對，或你發現的規律還有例外，這些都不必擔心。聽多了，你的潛意識會不斷幫助你發現規律，最終把所有的規律總結得很好。

❸ 第 3 週行動 3：找英語家長，開始跟他進行對話

經過 14 天的高品質輸入，你肯定有一些能開始用的英語含義單元，包括單字和片語。到這個時候，你的感覺應該是聽的時候能聽懂不少，同時你可能會有一點擔心，回憶自己已經學了什麼，好像又想不起來，因此懷疑自己的記憶。用「背」當作「會」的標準是

錯誤的;反之,能認識和聽懂是「會」的「初級標準」。接下來的「高級標準」就是跟人對話時,能把單字和片語拿出來用,表達自己的意思。

為了把自己的記憶從「認識」變成「能用」,只有一條路可選,就是在對話的過程中想到一個概念,然後在腦子裡找自己會的詞和片語,拿出來開口說!什麼時候從腦子裡找到一個詞並用出來,就意味著加深記憶的瞬間。

所以,為了加快你的學習速度,並且把已經學的東西加深記憶,從今天開始要每天進行真實的對話。為此最好找一個或多個英語家長,線下或線上都可以。如果你已經在國外,先篩選一些本地人,然後每天找他們進行交流。如果你在國內,找不到能當面對話的英語家長,可以在網路上找。目前已經有很多不同的網路服務,把語言學習者連接起來,例如:WeSpeke、Live Mocha、功夫英語 E 口流利吧等。

在找英語家長時要注意兩點。首先,你的英語家長要符合第 3 章所列出的特點,必須願意跟你進行真實的交流,不要找那些「教訓」你的人。

在語言交換網站,就是「你教我華語,我教你英文」那種,應該有機會找到好的英語家長,但是要注意一點,在「語言交換」的環境裡,對方經常比較願意練習他的華語,所以你自己練英語的機會可能就少一些。有時候更好的選擇是付費的形式,這樣可以保證對方負起英語家長的責任。

有了英語家長以後,要每天跟他對話兩次,第一次最多 5 分鐘,

第二次最多 8 分鐘，目的是給自己建立每天說一點英語的習慣。在這週，跟英語家長的對話可以圍繞場景進行對話，你的英語家長可以扮演對話裡的角色，給你機會把場景對話的詞句練得更熟悉，把自己的反應練得更快、更自然。當然，你們的談話可以圍繞任何你感興趣的話題！

跟你的英語家長對話時，不要擔心犯錯，因為家長的責任是不管怎樣都明白你在說什麼。你跟家長對話時，唯一的責任是用你已會的單字和片語，表達你想溝通的意思。如果你發現不能很直接確切地找到你想說的詞，那麼也盡量用你會的詞，繞遠一點沒關係。一個好的語言家長能感覺到你大概想說什麼，然後問你「是不是這個意思？」，當他這樣問，你很可能聽得懂，並且經常會感覺到「對，我就是想說這個」。圍繞著一個說法，這樣的情況發生幾次之後，你就會記得怎麼說，最後就把這些說法變成自己的了。

❹ 第 3 週行動 4：複習已經會的發音，增加 7 個發音

在發音訓練方面，這週跟上週一樣，要增加 7 個新的發音，並繼續練已經遇到的 14 個發音。到這個時候，新的發音和你已經會的華語發音距離會稍微遠一些，所以要更加注意這些聲音是怎麼發的。不要考慮含義，只要考慮嘴巴到底如何模仿這些聲音，跟小孩子學說話一樣就行。

學 7 個新發音的時候要 100％注意聲音和臉部肌肉，不要看文字。對於已經學過的 14 個發音，可以開始看文字，一邊看臉聽聲音，同時看拼寫規律如何代表你所聽到的聲音。在這裡要注意一個非常

重要的原理，字母和字母組合不會發出聲音，它們只不過是代表你聽到的聲音。把聲音聽清楚、模仿正確的時候，你可以專心學習用不同的拼寫方法把這些聲音寫出來。

在這個階段你可以繼續錄音，並比較自己的發音和範本的發音，同時也記得不斷訓練你的新習慣，就是把自己的耳朵和嘴巴連接起來，給自己提供一個好的回饋循環。

經過這週的複習和新的學習，你有機會遇到 120 ～ 180 個英語單字！

❺ 第 3 週行動 5：繼續練習並擴大開口說話工具箱

已經 3 週了，所以你的開口說話工具箱應該練得差不多了。既然如此，當你跟英語家長進行對話時，要儘量繼續用你的開口說話工具箱。這樣就可以更牢固、更自動，把它變成一輩子不可能忘記的技能。

第 3 週能看到的成果

經過第 3 週的學習，你能得到如下成果：

1. 能開始用英語說話，也許是 3 個場景，也許更多。
2. 能開心地玩英語，用幾個詞彙拼湊短句。
3. 能創造一些句子，溝通自己的核心需求和關於自己的重要資訊。
4. 有 7 個新的發音能說得 80％以上正確，之前的 14 個發音已

經說得基本正確。

5. 能自己開口用 100 個或以上的詞彙。

6. 日常普遍場景的詞彙你大致認識和聽得懂，包括顏色、數字、大小、位置、狀態等。

7. 泡腦子的時候能把 50％或以上的內容聽清楚。如果每天聽 4 個小時英語，到這時候你肯定已經遇過七十多萬次英語的詞彙，如果一天聽 6 個小時，那麼你肯定聽過一百多萬次詞彙，跟母語小孩滿 9 個月的時候一樣多。在這個情況下，你肯定已經建立了對英語聲音的語感了，對於往下學習來說是一個非常重要的資源。

建立新習慣！

這週也有兩個新習慣，要把它們建立好。

習慣 5：把「玩詞」變成每天的習慣和樂趣

用任何語言說話應該是輕鬆快樂的事情，應該能隨便把詞和詞組拼湊在一起來表達含義。為了得到良好的結果，最好的捷徑是把自己當成小孩子，不斷「玩詞」。怎麼玩？基本上，你在自言自語時，或跟英語家長對話時，要敢玩，想起什麼詞就做嘗試，隨便把它們拼在一起，看看你創造了什麼句子。

這樣做你會發現，有時候你創造的句子奇奇怪怪，不可能是英語母語者說的話；有時候你創造的句子就是英語母語者用的句子。如果跟英語家長對話時創造奇怪的句子也沒關係！他或許懂，或許不懂。如果不懂，他肯定會問什麼意思，也就給你機會調整和學習。

要每天找機會這樣練，直到這個練習變成一個每天不可缺少的習慣為止。為了建立這個習慣，你的心態很重要。如果太嚴肅或怕犯錯，肯定沒有辦法把這個習慣練好。所以要記得，最正確的態度是鬧著玩、做實驗，看看結果。沒有對錯，只有開心拼湊。

習慣 6：完全建立自言自語的習慣

　　前兩週你應該已經開始自言自語，在這週裡，如果還沒有做到的話，要下功夫把自言自語變成一個非常牢固的習慣。只要自己稍微有空，就應該用英語跟自己說話。看到周圍的東西，用英語描述；想起場景，就用英語跟自己進行場景對話。

第 4 週：70 個膠水詞就是英語說話的邏輯

　　前 3 週的學習方法和每一週的目標我已經描述得非常詳細了，從這週開始，目標會寫得比較簡單（除非你需要掌握新的概念），具體行動也如此。如果有新的概念和方法，我會寫得比較詳細。如果行動計畫包括你已經熟悉的練習方法，我會寫得簡單些，並且只會強調一些需要注意的事項。

第 4 週的目標

　　第 4 週有 3 個目標，如下：

1. 應付 6 個實質的對話場景。
2. 建立說英語的邏輯。
3. 掌握英語 70 個膠水詞，能懂且能用。

第 4 週的行動計畫

❶ 第 4 週行動 1：繼續泡腦子

這週還要繼續泡腦子，堅持用已經會的方式大量聽英語的內容。跟上週一樣，泡腦子首先圍繞高頻率場景內容，在這個基礎上，要堅持聽你感興趣的有聲書。除了節奏和旋律之外，這週要更加注意突出的膠水詞、邏輯詞組和你已經熟悉的單字和片語。在泡腦子時，注意你能聽清楚的比例是多少，也注意哪些短句自己已經能聽懂，聽懂時就好好鼓勵自己一下！聽不懂的那些絕對不要放在心上。要記住，到這個時候你可能認識 500 個單字，但這肯定不足以完全聽懂豐富的英語作品，能抓住一部分已經很好了。

❷ 第 4 週行動 2：繼續聽場景，複習舊的，增加 10 個新的

這週除了用已經會的場景內容多泡腦子，還要增加 10 個新的場景，聽這些新場景時，還是要用前 3 週你已經掌握的方式來學，先泡到聽清楚，接著聽片語歌來掌握含義、邏輯、膠水詞等。要一直聽到能輕鬆「跟著唱」為準。聽片語歌時，記得想像豐富的畫面和感覺，持續建立自己英語的新路徑。

能跟著唱的時候，馬上把這些內容加入自己每天自言自語的習慣裡，然後找機會真的去用。這週前兩天的時間，要把 10 個新的場景聽透，然後從第二天開始每天集中在兩個場景上，在一天裡一定要把兩個場景從聽得非常熟悉直到能拿出來用。能想像場景然後拼湊內容，用自言自語進行場景對話是第一關；把這些場景內容拿出來，與自己的英語家長圍繞場景進行對話，屬於第二關。

❸ 第 4 週行動 3：堅持每天與英語家長進行對話

從上週開始，你每天與英語家長進行對話，但是對話的時間並不多。這週要把英語對話的強度提高，要每天和英語家長進行 4 次對話，每次起碼要堅持 15 分鐘左右。跟上週一樣，內容可以圍繞場景，這樣能給你機會練習，也可以圍繞任何你感興趣的題目。唯一的前提是，在對話的過程中你要覺得有挑戰性，但這個挑戰你是能應付的。

❹ 第 4 週行動 4：堅持看臉練發音

這週在練發音上要增加次數，從一天 5 次增加到 8 次，但每次要維持 5 分鐘左右。複習已經學過的 21 個發音，並且增加 7 個新的。新的發音要注意只看臉模仿聲音，不要看文字。已經會的，一邊聽一邊注意拼寫規律。記得要堅持聽到自己的發音，從口中感覺到你聽到的發音。

這週在發音訓練方面要增加兩個東西，首先是拼寫測試。你在學英語時，越能正確拼寫聽到的詞，你越能用詞典找到這些生詞的意思。為此你需要儘量提高拼寫的正確度。除了聽單字、看拼寫規律，也可以簡單測試自己，網路上有些測驗單字聽寫的網站，可以參考這個連結：www.kungfuenglish.com/116。

如果你覺得拼寫不重要，我要提醒你一下，在西方國家，能夠聽懂文字和拼寫文字是閱讀和寫作的基本功。西方小孩就是透過聽，然後自己寫，再透過回饋提升自己的拼寫能力。

155

第二個新練法是閱讀，要從單字開始。怎麼做呢？最好拿一些單字的清單，先念一個，念完聽發音範本怎麼念。如果自己對了，記得鼓勵自己。要是不對則馬上調整一下，然後往下走。不要卡在錯誤的地方，但是第二天要再來一次，看看這次是否對那個詞的發音規律清楚一些。

❺ 第 4 週行動 5：不斷自言自語，徹底變成長期的好習慣

到這個時候，自言自語應該變成了你的好習慣，看到周遭的事物或事情，你應該在那兒自言自語「掛標籤」和描述看到的情況，也應該不斷用英語描述腦海中的狀態，例如用英語說「I'm hungry!」（我餓了）、「I'm happy!」（我開心）等，隨著自己狀態的變化，不斷想起英語怎麼說，然後開口，或在心裡跟自己說。這個行動再認真堅持 2 週就會成為每天不可缺少的行為了。

建立新習慣！

習慣 7：每天用英語開口說話，進行真實溝通

這週只要養成一個新的習慣，就是每天開口用英語進行真實的溝通。不需要很多，但是要做到如果不說一點英語自己就覺得有些不對勁！這個開口說的習慣建立起來之後，將來你的英語不流利才怪！

第 4 週能看到的成果

經過第 4 週的學習，你能得到如下成果：

1. 掌握英語表達的邏輯詞。聽出膠水詞和邏輯關係。能用膠水詞造句。
2. 能用英語的邏輯創造短句，也能圍繞自己感興趣的話題進行簡單多樣的對話。
3. 有 21 個英語發音基本正確；7 個新的英語發音達到 80％～90％正確。
4. 認識 500 個單字，說話時能用 150 ～ 200 個詞。
5. 泡腦子時能聽清楚 75％或以上。

第 5 ～ 6 週：解決 85％的日常英語溝通

在學任何東西時，除了儘量接觸和消化新的內容以外，也必須整合已經學過或遇過的東西。掌握任何一門外語的祕訣不是背誦新內容，而是不斷把核心固化和自動化，在強大核心的周圍，堅持一點點增加自己能使用的新內容。

為了把自己的英語核心自動化，第 5 ～ 6 週的焦點，是整合所有已經遇過的英語內容。

第 5 ～ 6 週的目標

1. 完全掌握 1,000 個高頻率詞：衣食住行、表達感覺和需要、

溝通狀態。

2. 自如運用 360 個最高頻率的英語片語。

3. 熟練日常對話場景——能應付 80％～ 90％日常生活溝通的需要。

4. 日常生活聽力能夠聽懂 80％以上。

第 5～6 週的行動計畫

❶ 第 5～6 週行動 1：每天跟英語家長進行對話

既然你現在有一定的口說基礎，一定要每天堅持跟真人對話。最好每天約你的英語家長 4 次以上，圍繞你有興趣的話題進行對話。當然，如果你想多練習一些場景的對話也可以。每次要堅持說話 15 分鐘或以上。

從現在開始，你跟人說話的時候要儘量靈活，只要你記得什麼單字或片語，就可以不斷把它們拼湊成各種短句，請儘量用你已經會的內容，來逐漸擴大自己對話的範圍。這樣做會把你已經擁有的英語核心溝通內容和結構，牢記在自己的大腦中，也會保證你越來越融入英語思維。

❷ 第 5～6 週行動 2：對熟悉的場景內容繼續泡腦子

重複多聽你已經會的場景內容，包括場景對話短片和場景內容片語歌。最好聽片語歌很多遍，目的是建立下意識的條件反射，一想到某個場景的部分高頻率對話內容，英語的說法、片語和單字就會自然出現在自己的口中。

在這期間，聽自己已經會的片語歌時，最好配合身體的運動，一邊聽一邊動，把動作和聽到的東西做搭配，可以走路、跑步、做健身操等。這樣做會加強身體的記憶，增強條件反射。

很多人以為當自己大概掌握一些英語單字時，應該繼續找很多自己還不會的單字來學，這並不正確。先牢固好核心內容，之後學的內容會更容易懂、更好記。在整合的兩週內，要做到大腦中有 1,000 個高頻率詞和 360 個高頻率片語，聽和說的時候覺得非常自然，一點都不吃力。

❸ 第 5～6 週行動 3：繼續泡腦子

每天繼續泡腦子，每次 20～30 分鐘，一天最多一個小時。如果第 1 個月裡你在泡一本有聲書，就持續往下泡。隨著把最高頻率的 1,000 個單字和 360 個片語練得越來越熟悉，你會發現泡腦子時聽懂的小片段越來越多。聽不懂的地方還是不用擔心，每次聽懂一小部分就在心裡慶祝一下。

❹ 第 5～6 週行動 4：繼續進行發音訓練

這兩週要加強發音訓練，儘量把所有英語的主要發音掌握到 70%～80%正確。在上個月，你已經聽過一百多萬個單字，所以你的潛意識已經把所有英語的聲音分析好了。因此，你基本上能夠把所有的聲音聽清楚。還有，你的潛意識也大致知道怎麼樣透過嘴巴和臉部肌肉把英語的聲音發得正確。要相信你自己，在用 FaceFonics™ 影片練發音時，把耳朵打得更開，然後輕鬆模仿就可以。

到這個時候你已經基本學會了 28 個發音，練習這些熟悉的發音時記得增加拼寫規律的學習素材。同時，要學習 16 個新發音。這些應該是跟華語聲音距離最遠的那些。跟以往一樣，每次練的時候要限制在 5 分鐘以內，但是次數要增加到每天 10 次。

❺ 第 5～6 週行動 5：繼續自言自語，有空就跟自己說話

建立新習慣！

習慣 8：隨時開口練習發音

從這階段開始，要把每天改善發音變成自己的一個習慣。只要有兩、三分鐘的空閒時間，就要透過自言自語的方式專門練習稍微難一點的那些發音。有什麼發音還沒掌握，隨時拿出來練，上樓梯的 10 秒可以練，開車等紅燈時可以練 30 秒，在會議室等人可以練一分鐘。最好選擇一個需要改善的發音，在一天的時間裡只練那個。第二天選擇第二個發音。這樣下來，在兩週裡一定可以把 16 個稍微難一點的發音練得差不多。

要每天這樣練，直到不管你在哪裡都可以隨便用幾秒鐘的時間感覺一下英語的一個發音，然後調整自己的嘴巴，把它說得更道地。前兩、三週要把你想要的「標準」口音練好。將來，當這個習慣變得很牢固時，要開始鎖定不同地方的方言。這樣會提高你對方言的理解度，同時會提升你的嘴巴靈活度。練多了以後，你就有機會用不同的口音來玩詞和開玩笑。

第 5～6 週能得到的成果

1. 知道 1,000 個高頻率詞的含義，能自如運用 700 個或以上。

2. 能在八十多個日常環境裡自如溝通。

3. 認識並能運用 300～400 個最高頻率的英語片語。

第 7～8 週：認識英語詞素，掌握文法 75%規律

上週你已經開始整合前面所學的所有單字、片語和規律。在第 7～8 週裡要持續整合已經學過的內容，同時要開始理解前幾週聽慣但還不能理解的短句和片語。

第 7～8 週的目標

❶ 掌握多音詞的基本發音規律

如果你學英語或其他西方語言，肯定會遇到多音詞。在前面的一個半月裡，練發音的大多數時間都放在單音詞上。現在你要擴大自己的能力，依靠已經會的基本發音把這些規律擴展到多音詞上。

❷ 能徹底運用英語思維，聽懂和理解基本對話

在未來的 2 週裡要用一切辦法把自己的思維完全調整到英語思維了。所有的日常溝通要做到「聽英語心裡懂，說英語從心出發」。要做到在日常溝通內容上可以完全用英語，根本不需要依靠任何華語，甚至連華語都想不起來。

❸ 把 10 個詞素練熟悉

很多語言都有「詞素」，一些有重要含義的小音節。華語也不例外，例如華語有「了」、「的」、「得」、「在」等，如果你學英語你也會知道「-ing」、「-ed」、「a」、「the」等。所有語言都有這種小信號，而且有時候它們真正的意思難以用邏輯來分析或解釋。

❹ 基本掌握所有的英語發音
❺ 確保已經建立好 8 個重要習慣

第 7 ~ 8 週的行動計畫

在這個學習階段裡除了你已經習慣的幾個具體行動，要開始增加兩個新的具體行動。先說兩個新的行動，然後複習一下已經上軌道的 5 個行動。

❶ 第 7 ~ 8 週行動 1：開始窄化可理解輸入的學習過程

同時也是開始把英語的一本著作聽透和讀透。從開始學習到現在，你不斷在累積高頻率詞彙和消化英語的發音規律、片語規律和邏輯規律。你的英語能力年齡已經達到 3 歲母語者或更高的水準了。為了繼續提升，往下學習需要系統地接觸大量的英語片語、詞彙和文法。

在現在這個階段，為了把學習加快加深，要開始進入一個「狹窄可理解輸入」的過程。在前面的章節裡我已經解釋了可理解輸入

的概念，狹窄可理解輸入代表你接觸的英語內容限制在一定的範圍內，因此更容易明白。「狹窄」不代表你遇到的英語內容淺或深，只是代表你有機會經常遇到同樣的說法和用詞的習慣。每天跟同一個英語家長進行對話，並且不斷聽他重複講一些老故事，這算是狹窄可理解輸入的一種。

你也可以選擇感興趣的著作或系列書籍，一段一段把它們看透。同一個作者的不同著作可以滿足這個條件，但你必須選擇你能大致讀懂的英語作品。根據你現在的水準，小孩的故事書會是合適的選擇。選擇這些內容的前提是，你能夠基本看懂或聽懂，剩下來的你能猜或忽視，卻不太會影響自己的理解。必須能夠看懂或聽懂 95％以上，才能真正進入可理解輸入的狀態。如果只懂 50％～ 60％，就難以用自己已經會的內容來學習更多。

另外的選擇是透過片語對照的方式理解和消化你感興趣的英語內容。做為一個英語學習者，學習一本著作對你來說應該很有意思。學這種內容有幾個重要步驟：

- 要一個階段一個階段去學，先從段落開始，跟著自己能力的提升增加到每頁，最後到每章。
- 先透過中文的翻譯理解一個片段的含義，同時在大腦中建立畫面和感覺。
- 聽同一個片段的英語音檔，注意自己能直接理解多少。
- 透過片語歌重複聽已經拆開的片語，聽中文片語的瞬間記住畫面和感覺，然後聽英語時把英語和已有的感覺和畫面連在

一起。要注意一步步聽英語的時候不透過中文的翻譯，而是直接理解。

- 把對照的片語全聽懂之後，再聽英語片段的全文。如果前幾個步驟的方法學習得當，那麼再聽英語片段時，應該就能基本上都聽懂了。要多聽幾次，直到聽得非常熟悉為止。

透過這個過程，你可以很快地把更多英語片語和單字的意思變成自己能用的工具了。想進一步體驗這種訓練流程，請參考：www.kungfuenglish.com/126。

❷ 第 7～8 週行動 2：開始注意時態、狀態、關係等「詞素」

如前文所提，每一種語言多多少少有帶著重要含義的小音節，我們可以把這些叫做「詞素」。華語有一些很重要的小詞素，只要你能認識和運用，口說的範圍就會擴大很多。雖然這些小東西不多，但是在溝通過程中它們扮演著非常重要的角色。

學英語的過程中，也會遇到不少英語特殊的詞素，除了「-ing」、「-ed」、「a」、「the」等，還可以把「are going to」、「will」、「were」、「was」等都看做詞素。當然，有的人會說，這些只不過是不同時態下的動詞變化（verb conjugation），但是為了學得更快和更容易，詞素這個觀念更管用。要理解的是，詞素不用分析，只需要記得並在記住的基礎上建立條件反射，聽到詞素時馬上明白它在表達什麼含義。跟華語一樣，你聽到「她……了」，心裡直接明白這是過去的事；聽到「……嗎？」，心裡明白人家是在問問題。

不需要更複雜，絕對不需要分析，記得規律即可。

　　學英語的時候需要把詞素與明確的感覺和畫面變成一體，一聽到一個詞素就馬上感覺到所表達的含義，例如聽到「the」時，你的大腦中要很清楚知道人家說的是一個東西，而且是固定的一個東西。說「the chair」時，他說的是「那個椅子」，任何其他椅子都不行。同樣，聽到「a」的時候你的大腦中知道人家正在提一個類型的東西，但同時是不指定的某個東西，例如「a cup」說的是一個杯子（任何杯子都行）。這種句子不需要分析，只需要記得「the」和「a」之間的區別即可。再看一個例子吧。

　　「Give me a pen.」意思是「給我一支筆」（任選一個），「Give me the pen.」意思是「把那支筆給我」（指定的那一個）。跟著這個小例子，你現在就懂英語裡「a」和「the」的區別了，並且應該很容易自己學會使用。再看一個例子吧──「were」和「was」的用法，這兩個詞素裡包含兩層含義，第一層表達時間（過去），另外一層表達誰。「They were smiling.」意思是「他們正在（過去的一個時間段裡）微笑」；「He was smiling.」意思是「他正在（過去的一個時間段裡）微笑」。從這個例子中，我相信你也很容易明白「was」和「were」的區別。

　　掌握詞素，會大幅度提高你對英語的理解程度，也會提高你的表達能力。更重要的是，透過詞素的認識和運用，你可以解決很多習慣用法的錯誤，更接近英語母語者用語的習慣。

　　為了讓大家能有一個宏觀的「地圖」，我在表 4-3 分享幾個英語最普遍的詞素。

表 4-3　英語最普遍的詞素

詞素	溝通的含義	具體例子
un-	帶著「不」、「非」的意思	Unhappy（不開心） Unhelpful（沒什麼幫助） Undo（推翻做過的東西）
dis-	帶著反義的意思	Disable（使得失靈） Disappear（突然不見）
-ing	正在	Going（正在走，正在去） Drinking（正在喝） Talking（正在說）
-ed	了、過	Worked（工作了） Talked（說話了、說話過） Finished（做完了）
-er	更	Happier（更開心） Faster（更快） Smoother（更滑）
-est	最	Happiest（最開心的） Fastest（最快的）
-ness	把形容詞變成名詞，或者把「很……」變成「有……」	Happiness（happy 開心＋ness） Sadness（sad 傷心＋ ness） Closeness（close 靠近＋ness）
-ly	類似中文的「地」	Happily（開心地） Busily（匆忙地）
a	單獨的「a」就是「任何一個」	A car／A cup
the	單獨的「the」就是「固定的那一個」	The cup／The car

詞素	溝通的含義	具體例子
will	將會發生的	I will go home.（我將回家。） I will do it!（我會把它做好！） They will be at the office.（他們將在辦公室裡。）
were／was	過去發生過（區別在於是誰）	They were late.（他們之前遲到了。） I was early.（我之前準時到了。） He was happy.（他過去很開心。）
-ize	把名詞變成動詞，描述一個過程	Money（錢）→ Monetize（把某事或實物變成錢） Weapon（武器）→ Weaponize（把某東西變成武器） Miniature（微小）→ Miniaturize（把某東西變得很小）

當然，前述只是英語詞素的一部分，目的是給你一個初步的感覺和認識，剩下的你得自己挖掘。記得，發現詞素這個過程會讓你深度處理你遇到的英語，因此加強自己的記憶。怎麼做呢？你在學習的過程中需要先注意重複出現的規律，發現一個小聲音到處出現的時候，先假設它是詞素即可。

從這個階段開始，主要的行動是把自己的注意力轉移到詞素上，並從掌握那些出現頻率最高的詞素開始。其實到今天為止，你前幾週已經不斷遇到最高頻率的詞素，只是你可能沒有注意，或不知道怎麼用而已。在學習場景的時候，我相信你學到了很多重要的動詞和名詞，但是很可能忽視了場景對話裡的詞素。不只場景，透過大量「泡腦子」，你對最高頻率的詞素也已經很熟悉。你在「泡腦子」的過程當中，肯定已經注意到很多不斷重複的小聲音，這些大多數都是詞素。你知道它們存在，只是不知道什麼意思，更不知道怎麼用。

在這個階段裡，對於這些詞素，你需要從「感覺它很熟悉」提高到「心裡明白它表達什麼」。

為了掌握詞素，最簡單和直接的方法，就是用片語對照法。先聽到中文的意思，然後聽到外文的意思。只要讓自己認識到詞素在表達整個含義裡的哪一層即可，就像前述我說的兩個例子，發現「were」總是跟「they」一起出現，要因此意識到「were」在表達片語含義的哪一層。多次遇到這些例子，規律會越來越清楚。

如果你偏向用邏輯和宏觀的方式來理解這些規律，可以看看表4-3，或你自己也可以創造類似的表格來總結已經發現的規律。這種

方式可以幫助你用左腦認識規律的存在，但是為了在溝通的過程裡
把規律自動化，需要用另外一招──大腦中的畫面和感覺。

在前面的幾週裡你不斷訓練「同一個盒子，不同路徑」的技能，
把英語的名詞和動詞直接連結到自己心目中的畫面和感覺。當然，
我們是先從具體的名詞和動詞開始的，例如「樹」、「車」、「跑」、
「喝」等。現在要把這個方法擴大到詞素和更抽象的概念上，聽到
一個詞素，就要在腦海中已經有畫面和感覺，而這些直接代表詞素
所表達的含義。我們用「-er」來做例子吧。

當你聽到像「he is faster」這種例子，首先要注意到後面的
「-er」音。聽到「-er」，要有一種「比較」的感覺，腦海中要看到
兩個人，而且知道其中一個比另外一個更「fast」（快）。如果你在
用片語歌來學習英語，你第一次遇到「he is faster」這種句子時肯定
是在中英對照的環境下，如以下的分解：

「他」→「he」

「他是」→「he is」

「快」→「fast」

「更快」→「faster」

「他更快」→「he is faster」

聽的時候，要一步步在腦海中製造畫面和感覺。聽到「他」，
先看到一個男人，聽到「he」的時候繼續看著那個男人。聽到「他是」
的時候，要感覺到那個男人在某一個狀態裡，聽到「he is」的時候，

把一個男人在某一個狀態裡的那個感覺保持在自己的腦海中。聽到「快」的時候，要感覺到速度，然後把這個感覺與「fast」連在一起。聽到「更快」的時候，要馬上增加人，把自己腦海中的畫面想像得更豐富，看到有幾個人，而有一個人比其他人更快。在這個瞬間，最重要的是把那種「比較」的感覺抓好，聽到「fast-er」的時候就可以把「-er」和比較在心目中變成一體。這樣做，你就是在一步步建立自己英語的路徑了！

開始的時候，要故意多下一點功夫，把詞素與合適的畫面和感覺連起來，練習多了以後你會發現這個過程變得越來越容易，越來越順，而且你會發現，不知不覺已經掌握了重要詞素的含義，也自動提升反應能力了。

❸ 第 7～8 週行動 3：每天堅持跟英語家長對話

記得每天跟自己的語言家長進行對話，每次起碼 15 分鐘，一天 4 次。每次的談話由你選，可以自由說話，也可以把已經學的場景練得更熟悉。更具槓桿作用的是，跟你的語言家長探討你正在聽的英語著作內容時，你可以分享自己的看法，聽英語家長的意見，有什麼還不懂的地方，你可以讓英語家長解釋給你聽。這樣做，你會給自己創造一個非常高品質的狹窄可理解輸入環境。

❹ 第 7～8 週行動 4：持續練習已經會的幾個方法，包括「泡腦子」、聽場景和自言自語

每天要堅持的習慣

第 7 ～ 8 週的訓練，主要是整合已經學過的東西，所以你最好用這兩週的時間把前面開始練習的習慣全都鞏固好。要鞏固的習慣包括——

習慣 1：用自己的右腦，調整每天進入英語頻道。

習慣 2：想到問題，必須用英語去問。

習慣 3：不斷注意自己的耳朵和嘴巴之間的關係。聽到英語時，嘴巴要感覺怎麼說。開口說話時，耳朵要好好聽自己嘴巴所發出的聲音。

習慣 4：把英語聲音直接連結到腦海中的畫面和感覺。

習慣 5：每天用英語拼湊詞，創造含義。

習慣 6：不斷用自言自語描述環境，想像對話等。

習慣 7：每天用英語開口說話，進行真實溝通。

習慣 8：隨時開口練習發音。

第 7 ～ 8 週能看到的成果

1. 認識 1,200 個高頻率詞的含義，能自如運用 800 個或以上。

2. 認識並能開始運用英語的基本文法（時態、詞素等）。

3. 認識並能使用 800 個最高頻率的英語片語。

4. 完全走入英語思維：聽懂和理解。

第 3 個月：開始用英語閱讀和寫作

第 3 個月的目標

你已經學了 2 個月，到這個時候，高頻率的場景對話你應該都能聽懂並可以自己開口說。發音應該基本正確了。因此，現在可以走到下一個重要的階段——閱讀和寫作。這會幫你更快積累更多實用的英語，更容易走進英語文化。這個月你要完成 7 個階段性的目標：

1. 開始用英語閱讀和寫作。

2. 聽懂、看懂 1,500 個高頻率詞。

3. 能自如運用 900 ～ 1,000 個高頻率詞。

4. 把英語 71 個拼寫規律練得熟悉。

5. 掌握英語多音詞的基本發音規律。

6. 能完全運用英語思維：聽懂和理解基本溝通的對話。

7. 把 10 個詞素練得十分熟悉。

第 3 個月的行動計畫

在這個學習階段裡，除了你已經習慣的幾個具體行動，要開始增加兩個新的具體行動。先說兩個新的，然後複習一下已經進入軌道的 5 個行動，強調該注意的事項。

❶ 第 3 個月行動 1：開始寫作，進行真實溝通

上個月，你已經在觀察英語的拼寫規律，也開始測試自己的聽寫能力。你寫的不一定都對，但是，你已經有能力寫些簡單的英語跟他人溝通。既然如此，要迅速把寫英語變成跟自己有重要關聯的事了。

怎麼做？你需要從現在開始，用英語文字與重要的人建立和維持關係，例如你可以每天發訊息或電郵給你的英語家長和朋友，可以問候你的朋友，跟英語家長打招呼、問問題等。這樣做的出發點不是「做題目」，你的目的是用英語真實溝通，用英語寫出自己的真實感受。剛開始，要每天發兩、三則，但是到月底的時候，要盡量達到每天收發十幾則不同的英語電子郵件等文字資訊。

❷ 第 3 個月行動 2：用「狹窄可理解輸入」聽和讀英語著作

每天要用一個小時或更多時間，繼續聽和閱讀你正在鑽研的英語著作。跟上一個階段一樣，先理解含義，然後用「泡腦子」的方式先聽英語著作的內容，感覺一下自己已經能聽懂多少。然後聽片語歌，把英語的片語含義好好刻在自己腦海中，一聽到就能看到畫面，心裡也有感覺。在這個基礎上，再聽原文。在聽的時候，一定

要將聽到的英語，直接連結到腦海中的畫面和感覺。

透過這種學習方式和已經安排好的學習素材（例如功夫英語課程），在這一個月內，你完全有能力吸收 1,000 個英語高頻率詞和幾百個英語片語。

❸ 第 3 個月行動 3：把聽懂和看懂當作自己的主要焦點

不管你用什麼樣的可理解輸入的素材來學習，在這個階段裡，不要大量、刻意去背單字或片語。明白含義要比背誦單字重要得多。要記得，可理解輸入的原理告訴我們，什麼時候真正明白一句話，那個瞬間你就開始「能」記住它。第二次遇到同樣的一個說法，你不需要查字典，就能夠記得大多數是什麼意思。接下來遇到幾次之後，你開始能夠自己拿出來用。

所以，在鑽研你的狹窄可理解輸入內容時，必須把注意力放在明白的意思上。當你要消化一個片段時，先注意你已經會的膠水詞、固定片語、詞素等，儘量透過這些把含義初步摸清楚。然後，聽片語對照歌，或閱讀片語對照文章時，必須先明白每一個小片語，然後透過畫面和感覺去聽整句話，並在腦海中感覺整句話的意思。

如果聽片語歌一兩次以後，還抓不住含義，就繼續聽到明白每一個英語片語含義後再往下走。完全理解片語，對理解整個段落的幫助非常大。記得，很多重要的含義在片語裡，不像單字那麼簡單。如果你聽片語歌的時候，把注意力只放在單字，忽視片語的意思，接著聽的整句或片段，就很有可能聽不懂。因此，你要好好專注，把每一個片語的意思弄明白。

如果你前 2 個月所遇到的膠水詞和高頻率動詞、名詞、形容詞都記得，加上認真聽過片語歌，把所有新片語的含義都徹底搞明白之後，再聽英語段落的時候，完全聽不懂的可能性不大。萬一所有的片語都懂，但整句或整個段落好像不明白，最好的解決方案是找你的英語家長，談談你不明白的那些地方。一般來說，學到這個地步還不懂的原因不在單字或片語，而在於比喻或英語文化的思維，英語家長一定可以幫助你揭開這種疑惑。

❹ 第 3 個月行動 4：把寫作變成鑽研著作的一個重要步驟

這個月，你已經開始用英語的文字來加強自己對英語的認識和運用了，你也可以用寫英語來加深自己對正在鑽研著作的認識和理解。怎麼做呢？只要你看完每一頁，用你自己熟悉的英語來寫，簡單總結你已經看懂的部分。剛開始，你可以寫得非常簡單，例如：

- There are 2 points.
- First, listen very hard.
- If you know only three words, speak those three words.
- That's it for today.

最佳的行動是，只要你每天聽懂或看懂一小段著作，就立刻動筆來描述自己學到了什麼。做這件事時，絕對不要用中文想然後翻譯成英語，要從自己的腦海中，先感覺你明白了什麼，然後在腦子裡找找自己已經會的英語單字和片語，盡量把這些拿出來拼湊在一

起，來代表你腦海中的那個含義。寫多少呢？8個詞、10個詞、50個詞都行，主要是你能每天都動筆，用英語表達即可。

　　每天寫完的內容可以保存，做為自己學習過程的紀念。或者，你也可以傳給你的英語家長，跟他分享一下你正在學的新概念。傳給英語家長的目的，只是堅持跟他有真實的英語交流，不是做功課。你可以讓他根據你寫的內容，把他真實的反應回饋跟你分享。關於你寫的不正確之處，英語家長可以給你一些回饋，但至多提出三個提議或建議供你參考。

　　為什麼最多只給三個提議呢？每次三個，你更容易接受和消化，而且這個回饋，讓你一點也不會產生被打擊的感覺。

➎ 第3個月行動5：用「泡腦子」做為備用練習法

　　在鑽研有趣著作的過程中，如果使用片語歌和前述所列的方法，基本上著作的內容都應該能聽懂，尤其是聽完片語歌之後。還沒有聽片語歌時，或聽了片語歌但還不太明白時，最好把自己的狀態轉回「泡腦子」，重複多次聽節奏、旋律等。有時候聽英語聽不懂，是因為旋律沒聽清楚，一聽出旋律和節奏，就很容易提高自己的理解能力。

　　當然，除了你的學習素材，在這個階段中，你肯定還會遇到陌生的英語。而且因為某種原因，有時候你會聽不懂這些陌生的話。當你遇到聽不明白的情況，最有建設性的反應，是用「泡腦子」來面對，這樣做是不斷提高自己對英語聲音和自然節奏敏感度的過程。還有一個好處，那就是經常進入「泡腦子」狀態後，你會發現聽懂

的英語比例也提高很多。

❻ 第 3 個月行動 6：增加和英語家長對話的次數

這個月要堅持不斷跟你的英語家長進行對話，可以是一個或更多個家長。要把每天的英語家長對話次數增加到 6 次，每次不少於 15 分鐘，這樣你每天已經在用英語對話一個半小時或更多。想像一下，每天用英語對話自己感興趣的話題，你的英語程度能不迅速提高嗎？

記得，跟你的英語家長進行對話時，要圍繞你真正感興趣的話題，包括探討你正在鑽研的著作。如果你的英語家長也想跟你談他自己感興趣的話題，只要你有興趣就可以跟隨，遇到聽不懂的東西，用你的開口說話工具箱去問就可以了。

❼ 第 3 個月行動 7：刻意練詞素

上個月，你開始刻意把詞素找出來，並且把每一個詞素和畫面或感覺連結起來。這個月要透過訓練，把這些詞素變成自己靈活運用的好工具。為了達到這個結果，要每天故意把英語詞素，用在自己的說話和寫作上。

今天先選擇一個自己已經懂了的詞素，然後在心裡下定決心，每次開口說或拿起筆寫時，要注意把這個詞素用對。你這樣做最主要是跟自己下意識地溝通，在你說話的時候，讓它提醒要注意這個詞素。跟自己的潛意識這樣溝通之後，你會發現在對話的時候，你會逐漸自然地注意該怎麼說。有時候即使說錯了，你也會很快發現，

從而調整自己，再來一次。

我們用「the」為例。當你剛遇到一個朋友的時候，你想問他有沒有看週末的足球比賽，你可能先說：「Did you see match on Saturday?」那時你的心裡應該給你一個小信號，讓你注意剛才說的話，要想想那句話是否應該用「the」。因為你已經懂「the」應該用來表達什麼含義（唯一的，指定的東西），你可以馬上調整剛才說的那句話，再說一遍：「Did you see the match on Saturday?」

要連續幾天（3～5天）只注意「the」是否用對，包括該用的時候是否用了？不該用的時候是否也在用？直到你能完全恰當地使用它為止。在練「the」的時候，不要考慮其他的詞素，只要考慮「the」。這樣練幾天之後，用「the」的正確度會提高很多。

這樣練完一個詞素之後，選擇並增加第二個，然後連續練三、五天，到第二個用得基本正確，然後選第三個，以此類推。這樣練一個月，你可以把10個詞素練得大致正確。

❽ 第3個月行動8：掌握44個發音、71個字母組合拼寫規律

雖然已經到了第3個月，但是發音還是要持續提升，因此你需要不斷用FaceFonics™影片發音訓練課程，複習和提升自己的發音。到這個時候，單音詞的發音你已經基本掌握了，所以練習這些詞時，要把注意力完全轉到拼寫的規律上。每天要複習44個英語發音中的10個或更多，注意每一個發音有哪些字母或字母組合來代表。發現規律之後，最好透過聽寫的自我測試，確認自己已經掌握的發音和發音對應的拼寫能力，同時透過「不夠好」的回饋，發現自己

還得注意的小地方。你也可以先看英語單字，大聲念，然後聽聽發音範本怎麼說，來評估自己對拼寫規律認識的正確度。

要非常注意的是，如果你有一些發音還不夠接近發音範本時，請先不要看文字，要完全依靠聽發音、觀察臉部、模仿聲音來調整自己。只有當自己說得大致正確之後，才能進一步關心發音和拼寫規律之間的關係。

到這個時候，你還在遇到新的多音詞，為了把這些掌握好，先只靠聲音，不要看文字。等發音正確之後再看文字。

每次練 FaceFonics™ 影片發音訓練，要把時間限制於 5 分鐘之內，一天裡練 12 次。這樣的練法就能讓你一點點接近母語者的發音了。

第 3 個月能看到的成果

經過這個月的認真訓練，到月底時，你會達到如下的成果：

1. FaceFonics™：掌握 71 個英文字母組合拼寫規律。
2. 能基本正確朗讀陌生的英語作品（報紙、雜誌等）。
3. 聽到陌生的英語單字，大致能猜測正確的拼寫方法。
4. 認識 1,500 個高頻率詞的含義，並且能自如運用 1,000 個或以上。
5. 認識並能運用 800 個最高頻率的英語片語。
6. 最後一週完全使用英語思維：聽懂和理解。

建立新習慣！

習慣 9：每天寫英語來進行簡單溝通

　　這個月要建立最重要的新習慣，是提筆用英語跟別人進行真實的溝通。要每天透過訊息、電子郵件等，把英語變成不可缺少的使用工具。每天晚上要問自己，今天有多少真實的英語書面溝通，到月底時，最好的答案是今天溝通了 10 次，或者更多次！

第 4 個月：融入英語文化

第 4 個月的目標

　　經過前 3 個月的學習，你能基本用英語對話，也可以提筆用英語文字進行溝通。到現在，學習的過程已經系統化，每天該學什麼，應該用什麼方法都進入正軌了。現在你已經認識英語的最高頻率單字和片語，英語的基本邏輯和架構等。為了持續提高程度，從此你需要擴大對英語文化的認識，不斷遇到大同小異的對話模組，從中提高自己對英語的深層語感。

　　這個月你最重要的目標有以下 5 個：

❶ 牢固前 3 個月所掌握的英語學習習慣

在前 3 個月裡，我們一步步把一系列的新行為，變成自己每天能自然用的好習慣，例如每天一定要用英語說話、自言自語、用畫面和感覺等。如果有任何還不牢固的習慣，要在這個月把它完全掌握下來，變成自己每天不可缺少的小儀式。

❷ 把前 3 個月理解的內容，全部變成自己能自如運用的內容

你的英語學習來到今天的地步，能懂的英語肯定比能說的還多。不要為此感到氣餒，因為這是一個很自然的現象，同時要用這個月的學習時間，把能懂的英語全部都變成自己能用的英語。

❸ 掌握 71 個英文字母組合拼寫規律、多音節拼讀
❹ 用括弧法掌握長句的高效思維
❺ 能用比喻思維，你的英語就道地了

第 4 個月的行動計畫

這個月的行動計畫，包括很多你已經習慣的學習方法和具體行動，你只要堅持使用就可以了。另外，為了能夠更深地認識和利用英語文化的說話習慣，從這個月開始，你會增加跟比喻和括弧法有關的新行動。

❶ 第 4 個月行動 1：專門尋找英語比喻來提高自己的敏感度

在前面的章節裡我已經提到比喻的重要性，我在此要強調，認

識比喻的思維和記住高頻率比喻的具體例子,是掌握英語不可缺少
的核心技能之一。到這個階段,你對高頻率詞和高頻率片語的認識
水準已經很不錯了,因此應該開始培養自己用比喻的思維,把英語
認識得更深、更生動。為了培養對英語比喻的敏感度,要利用如下
幾個步驟:

- ● 注意雙語的比喻

用中英片語對照的素材來學習時,你很可能會發現對照的內容
就是比喻,例如中文有一個成語叫「一箭雙鵰」,對應的英語比喻
是「hit two birds with one stone」(用一顆石頭打兩隻鳥)。遇到
這種例子,是很值得開心的事情,因為你已經算是懂了這個比喻的
思維,通常也已經學會了組成比喻的詞彙,剩下來的任務,只是要
記得英語的比喻跟中文的比喻在細節上的區別,自己開口說的時候,
要記得這些區別。

- ● 從母語比喻出發

開口說話和交流的過程中,也有很多機會發現和運用英語的比
喻。用英語和別人對話的時候,如果你認真用畫面和感覺生成英語
對話,有時候你會感到這是一個比喻。當腦海中接受從中文來的比
喻的時候,你會看到和感覺到,跟這個比喻有關的具體畫面和感覺,
同時會感覺到,你想表達的抽象意思。問題是,你還沒有學會一個
確切的英語比喻。這時候,最有建設性的回饋是說:「我不知道用
英語怎麼說,但是在中文裡有一個很好的比喻,這個比喻是……」

接著用英語描述這個比喻。例如，談到某人不太好的時候，你說：「In Chinese we would say he is a bad egg.」對方回答你的時候，會說他非常明白你的意思，因為英語也用「壞蛋」這個比喻來形容一個人不好。

說說另外一個具體例子吧。你經常把好主意跟老闆說，可是他總是不明白你在說什麼，因此你感到很挫敗。你跟外國朋友或英語家長分享這個情況的時候，可能在心目中看到一個人在牛的前面彈琴，所以用英語說：「In Chinese we would say "it's like playing piano to a cow"!」雖然，英語不會這樣說，但是一般人會明白，這個比喻表示把好的事情分享給一個沒法欣賞這個事情的人，因此對方也會跟你說：「我們不那樣說，我們會說『pearls before swine』（即把珍珠放在豬的面前）。」在這個瞬間你就能夠馬上明白和吸收這個英語比喻了。

為了迅速累積使用的英語比喻，要大膽利用自己已經會的中文比喻，從抽象概念轉到比喻所描述的具體情況，把這個分享給你的英語交流對象。根據我自己學華語的經驗來說，中英相同的比喻也不少，有相當一部分是完全一樣或很相似的。如果遇到不一樣的比喻也不用怕，因為透過這個對話過程，你絕對能發現很多很有意思的英語比喻。

● 注意中英對照不對應的內容

用中英片語對照內容學習的時候，你偶爾會遇到一些「不搭嘎」的東西。例如，中文可能是「一個大概的數字」，但是對應的英語

很可能是「a ballpark figure」，不管你怎麼分析就是不明白，一個大概的數字跟「球」或「公園」怎麼也掛不上鉤！怎麼辦？遇到這種情況要馬上跟自己說「這應該是比喻」，然後用具體感覺或資訊來揭開比喻的意思。

● 注意到英語用詞跟主題無關

有一個情況跟前一點很像，只不過沒有對照的資訊幫助你理解意思。例如，在談生意的時候可能有人會說「let's start with a blanket agreement」（我們從毛毯的協議開始），可是你們談的是電腦進口合作，跟毛毯沒什麼關係。這種話到底怎麼理解呢？首先，聽到這種跟主要話題不搭的說法，要懂得跟自己說「可能是個比喻吧」，然後用具體感覺或直接問對方來揭開比喻的意思。想了解如何融入英語文化，可以參考這個連結：www.kungfuenglish.com/117。

● 依靠比喻所提到的具體現象

當你發現英語的一個說法屬於比喻時，最好儘快把比喻的意思搞懂。為了找到答案，不要馬上去查字典，雖然字典能告訴你中文是什麼意思，但是不一定能幫助你了解這個比喻是怎麼來的。查字典的結果是，你可能需要背下這個比喻，所以自然提高學習比喻的難度和拉長學習的時間。更正確的方法是用這個機會了解比喻的本意，就是要看到、感覺到、摸到比喻描述的具體現象，然後思考怎麼從這個現象推測到一個抽象的概念。

這樣做的好處有很多。首先，因為比喻都依靠具體的現象，包括畫面、聲音、感覺等，轉到比喻的本質的時候，你自然在運用自己腦海中的畫面和感覺，直接建立你的英語「路徑」。因為有畫面、感覺等，比喻就容易被記住，可以說透過比喻具體現象的感知，就可以把自己的記憶力提高很多倍。

回到比喻的本質來認識它表達的抽象概念，也有一個非常大的好處，就是讓你摸到英語思維的規律。英語用比喻的方式和思維，跟華語有很多不同之處，而且這種區別經常導致人抓不準英語的意思。你越習慣英語怎樣用具體現象代表抽象的概念，你越有能力真正明白英語母語者的思維，因此將來遇到新比喻的時候，你會完全有能力馬上掌握這些陌生的溝通單元。到那個時候，你就真正擁有英語語感了。

● 問別人！

發現一個比喻的時候，也可以馬上問別人，這個比喻的本質是什麼，以及這個比喻到底代表哪一個抽象的概念。母語者不一定知道比喻的來源，但是他們起碼能告訴你另外的同義詞，這樣你可以推測為什麼這個比喻代表某個抽象的概念。如果你有英語家長，你每次的談話都可以圍繞你已經發現的新比喻。這樣做會讓時間過得非常快，也會讓交流的時候變得很有意思。

❷ 第 4 個月行動 2：專門練習「括弧」法

前面我已經提到括弧法，就是要用括弧把英語分解成可理解的

小模組。要從這個月開始，用括弧法提高自己的理解能力。當你在看英語的時候，遇到自己不太懂的句子或片段時，請你把它列印出來，然後用筆把括弧儘量畫在正確的位置上，透過已經分解出來的小模組再讀一次。如果括弧的位置比較正確，你應該能夠更容易看懂。如果這樣做還看不懂，你最好問你的英語家長，聽聽他的意見，提高對書面英語節奏的感覺。

　　如前面的章節所說，為了了解如何自然地使用括弧，最好的辦法是聆聽。例如，聽一本有聲書的時候，你會發現作者把用的詞都集中到小「資訊包」裡，同個資訊包的詞通常黏在一起，但是不同資訊包之間有一定的距離（停頓）。通常，不同資訊包之間，也有膠水詞。前 3 個月，你一直用「泡腦子」的方式聽英語，現在要提高自己「泡腦子」的能力，大量聽你正在鑽研的英語著作，直到你能聽出不同「資訊包」為止。你能聽懂每一個「資訊包」的時候，就等於你已經能在英語長句上正確地畫括弧。這個訓練絕對能提高你的英語聽力。

❸ 第 4 個月行動 3：繼續鑽研英文著作

　　這個月要繼續透過狹窄可理解輸入，鑽研你正在學習的英語著作。跟上一個月的學習一樣，用中英片語對照的素材，把英語的邏輯、架構、片語都搞懂。用中英對照材料的目的不應該是背，只是要透過這個方式，完全弄懂你所聽和所看的英語片語，然後再聽、再看，利用這些片語的英語段落，進而直接弄懂英語！這個階段的學習規矩應該是「理解為王」！如果你對片語和帶著片語的段落都

懂了，可以往下學習。但是，如果有 10％或以上的片語不懂，導致不能理解該段落，必須鑽研這些不懂的片語，直到弄懂為止。

記得，有時候不懂片語很可能是因為某一個片語就是一個比喻，那時候要用如前文所提的方法來認識這些比喻。還有，有時候你不懂一個片語是因為括弧沒用對、節奏沒聽清楚，如果你懷疑自己不懂的緣故是這個，你要多聽幾次，並且在聽的時候，要非常注意節奏，要能聽出節奏的括弧。

最後，如果有的片語不管聽了多少遍還是不懂，一定要問自己的英語家長。

❹ 第 4 個月行動 4：每天認識 100 個片語，熟悉 5 個新片語

在前面兩、三個月裡，你應該發現了不同片語都會用到你已經會的單字。同時，同樣的單字在不同的片語中，意思也不一樣，有的意思比較接近，也有的意思相去甚遠。現在，你已經懂了很多單字，因此掌握片語的速度會比較快。

既然如此，在這個月，你要每天給自己一個目標，就是透過鑽研你所學著作的中英對照內容，要每天發現和完全理解 100 個或更多的新片語。我的意思不是說你要全部背下來，只是你要保證，當你聽到和看到它們的時候你能懂。假如單獨聽到這些片語，你能在心裡感覺到是什麼意思。在著作的片段裡，遇到同樣的片語，你還是能感覺到那個意思，也可以因此理解整個片段的含義。

除了認識並懂 100 個新片語，每天要增加 5 個自己能用來說話的片語。為了做到這個結果，要從 100 個新認識的片語當中，每天

選擇你認為經常有機會用的 5 個。把這 5 個寫下來，考慮有機會用在哪裡，在自己腦海中想像不同的場景，自言自語練一練。然後，在 24 小時之內，找機會真正用這 5 個片語。這個月每天都要堅持這樣練片語！

❺ 第 4 個月行動 5：把英文寫作變成每天不可缺少的行動

請繼續用英語跟朋友或英語家長寫自己的真實感受。每天要寫十幾條甚至幾十條英語訊息，也最好發五、六封長一點的英語電子郵件。除了跟朋友和英語家長寫英語之外，還要每天繼續用英語寫自己的筆記，尤其是用英語總結自己從著作裡學到的新概念。記得，每次透過英語寫作進行真實溝通時，你就是在強化自己的英語！

❻ 第 4 個月行動 6：增加跟英語家長的對話時間

從這個月開始，你要增加跟英語家長說話的時間，每天要找 6 次對話的機會，而且每次對話要連續 30 分鐘或以上。現在，你已經掌握了非常多的英語高頻率詞和片語，你懂的比喻也越來越多，所以你絕對有能力每天堅持這麼長的對話時間。跟英語家長說話的時候，可以隨便談你們有興趣的話題，也可以跟你的英語家長鑽研和探討你不太懂的比喻和片語。你還可以讓你的英語家長看你寫的筆記或學習總結，讓他幫你修改一下你的英文寫作，或請他跟你一起探討你在學習過程中列出的領悟和觀點。

❼ 第 4 個月行動 7：繼續提升發音

到這個時候，你的發音應該相當不錯了，同時應該還是有一些可提升的空間。到了這個階段，你要把注意力全面轉到尋找英語發音跟拼寫方法之間的規律，以此提高自己的閱讀和拼寫技能。為此，你要每天複習一下英語的 44 個基本發音和一部分多音詞的聲音，每十天要全部複習一遍，在這個月裡，你要複習全部的發音 3 遍以上。每天找出 12 次練習發音的時間，但記住要把訓練的時間限制在 5 分鐘之內。

為了確保自己的正確度，你可以每天使用自我測試，來了解自己的聽寫能力，遇到拼錯的地方，就以此做為回饋、再做調整。你也可以開始聽自己所學著作的音檔，然後自己大聲念，好好注意發音的正確度。當發現自己哪個發音不夠道地，你要多聽這些發音，也要看看這些發音不同的拼寫規律。

建立新習慣！

習慣 10：在閱讀或聽英語時，遇到不懂的內容，開始刻意尋找英語的比喻。

習慣 11：開始用「括弧法」幫助自己理解英語的長句（聽和讀）。

第 4 個月能看到的成果

1. 徹底掌握有規律的英語拼寫和朗讀。

2. FaceFonics™：掌握 71 個英文字母組合拼寫規律、多音節拼讀。

3. 能自然發現英語的比喻，並透過比喻理解英語所溝通的意思。

4. 說英語的時候，完全能夠待在英語的思維裡。

5. 認識 2,000 個高頻率詞的含義，並且自己能自如運用 1,500 個以上。

6. 最後一週能大致標準朗讀陌生的英文報紙、雜誌，聽到陌生單字也能正確拼寫，能使用比喻思維，能理解長句。

第 5 個月：擴大使用英語的範圍，吸收回饋

在前 4 個月裡，你的英語學習在很多方面跟小孩一樣，尤其是把幾乎所有真實的溝通都限制在自己很熟悉的圈子裡，包括你的英語家長和幾個貼心的英語朋友。當然，學英語的目的，不是為了一輩子只跟英語家長進行對話。遲早你要擴大自己的溝通圈子。從現在開始要「離開家」，進入廣泛的英語溝通世界。第 5 個月的具體短期目標包括以下 6 點。

第 5 個月的目標

1. 跟更多人用英語溝通，擴大自己的英語社交圈。

2. 開始習慣不同的口音、用法。

3. 每天大量用英語做為自己的溝通工具。

4. 把第一本學習的英語著作聽完、讀完,理解其 80％或以上的
   含義。

5. 把自己認識的詞彙增加到 6,000 個左右,把能用的增加到
   3,500 個以上。

6. 用英語完全進入英語社會。

第 5 個月的行動計畫

❶ 第 5 個月行動 1:聽完、看完第一本英語著作

到目前為止,你已經利用兩個半月的時間,認真鑽研你所接觸
的第一本英語著作的每一頁。這個月,你要把這本著作完全看完,
並完整聽完。在聽和看的過程中,要確保自己能懂 80％以上的含義。
跟上個月一樣,你也要在這個過程中,每天發現 100 個以前沒有注
意到的新片語,遇到每一個新片語的時候,以把它搞懂為目的。對
每一個新片語,一定要對照腦海中的畫面和感覺。還有,每天從 100
個片語當中選擇 5 個自己能用的,然後刻意找機會在你的日常溝通
當中大量使用。為了方便認識並理解新片語,請堅持用中英片語對
照的學習素材。

❷ 第 5 個月行動 2:跟英語家長深入探討你在看的著作

在這個階段,你的語言家長的價值非常高,因為他們對你的英
語水準和特點非常熟悉,所以能夠幫助你,持續待在可理解輸入的

對話情景裡跟你交流。在這個月，你也要堅持每天跟語言家長對話 6 次，每次連續說 30 分鐘或更多。

這個月的話題，應該圍繞你所學的這本英文著作。每次跟英語家長對話的時候，最好鑽研著作中的一個概念、一個故事、一個比喻等，經過這個過程後，確保這本書的每一句話、每一個比喻和每一個片段，你都能完全弄懂。

❸ 第5個月行動3：開始找英語對話對象（線上和線下都可以）

除了你的英語家長之外，從這個月開始，你也要開始找其他的英語交流夥伴。假如你已經住在國外，你要每天出門跟周圍的外國朋友打招呼，儘量跟他們進行一般的日常對話。可以談談今天的天氣，問他們從哪來，或了解一下他們的工作情況等。

你也可以搭車或走路，往外走走，找到有意思的小餐廳或商店，進去開始跟人對話。要保持每一個星期，有 3 天以上進行這樣的活動，儘量擴大你的社交圈子。

如果你還住在華語圈，最好找找網路上的「聚集地」，找願意用英語和你對話的人。最好找 8 ～ 10 個願意跟你遠端對話的人，然後堅持每兩天一次，至少跟一個陌生人進行英語的遠端對話和交流。

❹ 第 5 個月行動 4：每天日常溝通的 50% 以上都用英語

在前面的 4 個月裡，你一步步增加真實用英語的次數和時間，到第 5 個月，你用英語進行交流和真實溝通的時間，起碼要跟你學習之前用華語的時間一樣，甚至比你曾經每天說華語的時間更多，

要達到每天日常溝通的 50％以上都是用英語。到這個時候，英語一定要變成你的重要溝通工具之一。當你在自己的生活中，把英語提高到這麼高的位置以後，你很快就可以把英語說得跟華語一樣好。

為了把用英語的時間比例提高到 50％以上，你需要透過口語和書面語大量溝通，例如：訊息、電子郵件等。既然你每天已經用 3 個小時跟英語家長進行對話，剩下的時間，你可以完全以書面語為主。你可以開始用英語聽新聞，用英語在網路上找資料，從英語書籍或文章找到你想要的知識和資訊。總之，你要用一切辦法把英語做為你的重要資訊來源！

❺ 第 5 個月行動 5：多聽目標場景英語歌

假如你是一位商務人士，在這個階段，你可以輕鬆地聽商務英語高頻率場景內容。假如這些內容是採用可理解輸入的方式，先母語、後外語，同時伴有背景音樂，你的學習效率會更高。

在這個階段，即使有專業的商務場景內容，你也能理解很多。你會發現很多單字、片語，你早已透過前面幾個月的學習學過了，大部分你都已經明白，甚至能用得很好。個別帶有商務詞彙、片語的部分，在前面扎實的基礎上，你也能夠吸收得很快。

在前面幾個月學習的積累下，以你現在的英語基礎和技能，你只需投入總長度 6 個小時的學習時間，就能掌握商務場景中重要的談判、辦公室、面試等高頻率英語溝通內容。

假如商務不是你的使用目的，你也可以選擇跟個人的發展目標更吻合的學習素材，並找到對目標最重要的場景進行深入學習。

❻ 第 5 個月行動 6：強化比喻意識

在這個階段，當你在閱讀英文著作時，請多留意文中的比喻。尤其是當你遇到的詞句都認識，但整體意思不容易理解的情況下，要立刻有意識地從比喻的角度重新閱讀理解。

在跟英語家長溝通交流的過程中，你也可以經常使用不同的比喻，來讓自己的口語表達資訊更豐富，內容更精彩。當你和非英語家長的外國朋友溝通時，每當發現不理解的地方，可以自動從比喻的思維重新思考，也是這個階段的重要練習之一。

為了讓比喻成為你使用英語的一個自動反應，你可以有意識記住一些常見的和不常見的比喻，並大量地在不同場景下練習使用。每天發現 3 ～ 5 個比喻，並熟練使用 1 ～ 2 個比喻，你將會在自己的潛意識中養成運用比喻的習慣。

❼ 第 5 個月行動 7：開始看英語電影

在這個階段，你也可以開始看自己喜歡的英語電影，例如你可以選擇曾經看過的片子，因為這樣會確保你處於可理解輸入的環境裡。如果是看新片，你可以先試試用英語看，但如果其中有比較多自己抓不住的地方，就要換成中文字幕頻道，先理解含義，把整個故事搞懂，然後再走到純英文頻道，反覆訓練，明白故事含義和對話所對應的英文表達法。一些動畫片或比較簡單的劇情片，都是對這個階段比較好的電影學習資源。

在完全熟悉和理解的基礎上，再看一次，這次只播放英語聲音，不看字幕，目的是評估自己已經能懂多少。在聽和看的時候，要用

「泡腦子」的心理狀態，從所有資訊當中，包括節奏、旋律、片語、比喻、表情等，多元素、全方位地理解電影的含義。

第二次用英語看要加上文字，這樣能幫助你發現上次漏掉的地方，也會幫助你更容易發現新的比喻、片語等。

為了加強自己對每一個電影的認識，透過這個過程把裡面的話變成自己能用的資源，看完幾遍之後，找你的英語家長或以英語為母語的朋友，一起來討論這個電影的故事。如果你的外國朋友有時間，你也可以邀請他一起看這個電影，這樣，當遇到你不懂的比喻或文化差異的時候，可以停下來，專門討論這些地方，從而加深你對英語文化的認識。

❽ 第 5 個月行動 8：發音訓練

到了現在這個階段，發音訓練對你來說開始變成次要。原因是你的發音已經開始接近母語者的英語發音；也許，你的發音已經達到 98％以上的正確度；也許，你仍然有一些自己發不準的小地方。為了發現這些小差異，請每天用一點時間，複習英語所有的發音，先根據文字自己錄音，然後對比自己的發音和英語母語範本的發音，發現差異的時候，鎖定那些不同的地方，專門用一天或兩天的零散時間，用自言自語的方式反復練一下。從而徹底解決這些還不那麼準確的發音。

這樣的練習每天最多不要超過 6 次，每次不要超過 5 分鐘。

❾ 第 5 個月行動 9：開始聽自己喜歡的英語歌

除了看英文電影之外，你也可以每天聽自己喜歡的英語歌。當你聽歌時，最好是選擇那種歌詞能聽清楚的、風格輕鬆，聽多少次都行。你可以透過看書面的歌詞，來確認你所聽到內容的一致性。如果遇到不懂的歌詞或歌裡的小片段，這些內容要拿來當作和英語家長討論的題目。

第 5 個月能看到的成果

經過這個月的認真訓練，到月底時，你的英語水準會達到如下成果：

1. 所有需要進行的英語溝通都無障礙。
2. 自己的發音接近國際英語的標準。
3. 習慣不同的口音、用法。
4. 有信心面對所有的英語溝通環境。
5. 遇到自己不懂的英語，有足夠的方法和技巧找到它們的意思。
6. 詞彙量達到 5,000 個或以上，片語有 12,000 個，能自如運用 3,500 個以上來表達自己的想法。

第 6 個月：讀透第一本英文書的每個部分

你已經堅持學習 5 個月了，在這個過程中，你遇到了很多不同的英語內容，根據你這段時間的學習節奏，你肯定能應付大多數日

常生活和工作溝通的需要。接下來，是如何把自己的水準提高到接近母語者的水準了。在這個月裡，你要下功夫把所學的英語核心內容整合起來，並牢固到自己的腦子裡。為了達到這個結果，你這個月要集中的短期目標如下。

第 6 個月的目標

1. 把自己的英語練到 18 歲英語母語者的水準。
2. 把自己的發音練到位。
3. 讀透第一本著作的每個部分。
4. 把第一本著作的比喻、片語、說法都變成自己能運用的英語內容。

第 6 個月的行動計畫

❶ 第 6 個月行動 1：把第一本英語著作消化好

為了把你的第一本英語著作讀透，在第 6 個月裡，你需要從頭到尾，聽和讀兩遍這本著作。為了徹底把第一本著作消化好，如果需要，你也可以看更多次。你已經看過一次，但是第一次看的時候，經常會遇到不懂的地方。前面的片語歌訓練，與英語家長的討論等，讓你已經吸收了很多高頻率的內容，包括單字、片語、膠水詞、比喻等。現在，你需要把這些內容充分鞏固，透過複習這本著作來進一步提高自己，並且能夠更深入認識英語的思維。

在這個月裡，你起碼要把第一本著作從頭到尾聽和讀兩遍。目的是完全看懂每一段，並理解每一個比喻和重要片語。每天把一個

章節吃透。同時,要聽、讀和複習所有的片語歌和書面的中英對照片語內容。

❷ 第6個月行動2:跟英語家長充分討論這本著作

為了確保你能完全懂,並且能自如運用著作裡的英語內容,你需要跟自己的語言家長討論這部著作的每一頁,一直到你能完全用英語描述書裡的含義。

❸ 第6個月行動3:進一步提高你的英語寫作能力

前2個月,你已經開始每天寫英語,上個月寫的時間應該每天不少於一個小時。在第6個月裡,要習慣寫比較長的英語文章。這樣寫的目的是加強對英語的語感和寫作思維、架構等。每天要寫一篇500～1,000字的小文章,題目任你選。每一篇文章要寫三次:第一次是把你想溝通的主要內容先列出來;第二次是正式寫,寫完第二次,最好交給你的英語家長,讓他幫你看看並做出一些修改,這樣你能很快感覺到母語者的寫作習慣;收到這些回饋之後,你要再寫一次,目的是運用收到的回饋。

假如,你第一次和第二次都是用電腦來寫,第三次寫的時候,一定要手寫。用手寫的好處是幫助你把回饋資訊儲存在自己的肌肉裡。

❹ 第6個月行動4:每天和語言家長進行1～2小時的對話

到目前為止,你已經跟很多不同的外國人交流過,並且你也花時間聽和讀自己感興趣的英語內容。現在,你可以逐漸減少自己跟

英語家長談話的次數,而增加每一次聊天的時間長度。例如,每次維持一個小時的時間,跟英語家長對話。每天最多聊兩次即可,每天一次也完全可以。同時,你們的話題可以靈活選擇,但是要記得,跟你的語言家長多討論你鑽研的著作,並把裡面的每一個片語、句子、比喻等都弄得非常清楚。

❺ 第 6 個月行動 5:每天找有共同話題和興趣的人大量交流

除了跟英語家長聊天,你也可以用英語找其他跟你有共同話題或共同興趣愛好的朋友一起交流。在交流的過程中,除了充分理解含義、表達思想之外,你也可以根據對方的喜好,決定把自己的注意力主要投入在哪個方向。例如,有的朋友帶著濃厚的英國腔,或蘇格蘭口音,假如你有興趣,可以多觀察他們發音的規律、說話的肢體語言和停頓方式等,從而你也可以在交流的過程中模仿。有的朋友可能非常喜歡在說話時運用比喻,跟這樣的朋友在一起時,你可以跟他一起創造比喻,理解他的比喻,進而讓自己見識更多比喻,豐富自己在比喻方面的經驗。

關於將注意力投入哪一個方向,你可以根據自己的興趣、愛好和學習的著重點決定。

❻ 第 6 個月行動 6:每天看一部英語電影

電影的節奏通常比較快,而且帶著豐富的異國風情文化,當你開始看不同的英語電影時,將更有助你吸收廣泛的英語文化,不同的表達方式等。

假如你的時間充裕，你最好在一天內，看同一部電影兩次甚至三次，目的是儘量把這個電影的內容完全吃透。當你第二次看同一部電影時，你也可以模仿演員說話的方式，自己練習說演員說過的話，這樣的自言自語也能幫你練習說英語的風格和氣質。

❼ 第6個月行動7：每天閱讀和你有重要關聯的英語內容

假如你是醫生，或你正在學校學醫，從這個階段開始，你可以關注本業領域的報紙、雜誌等資訊。同樣，假如你的興趣或工作跟金融有關，你也可以多關注英文版的財經消息。在這個階段，你可以把自己的閱讀、練習等全部跟你的專業領域掛鉤，儘量充實自己用英語駕馭專業話題的能力。

第6個月能看到的成果

經過這6個月的認真訓練，你已經度過了10個不同的學習階段，每一個階段讓你把注意力放在不同的技能和重要的新習慣上。跟隨每天的學習和練習，你不知不覺累積了很多英語的高頻率內容，因此已經達到一個比較理想的英語水準了。在這個階段，你能獲得的學習結果如下：

1. 認識 20,000 個片語。
2. 達到年輕的英語母語者水準。
3. 跟大多數英語母語者一樣，在日常生活、工作方面的交流無障礙。

第 **5** 章

學外語必備的
7 種心理素質

　　在第 2 章和第 3 章，我們談過學會外語的 5 項核心原則和 7 個關鍵行為。在第 4 章的第 4 個月學習計畫中，我們講到認識和運用比喻，是融入文化的重要技巧。如果你只使用其中一部分的原則和行為學外語，你的學習效率會高一些，如果你把全部原則都融入到你的外語學習過程，以及說外語的行動中，你的學習效果一定會更理想。同時，有一點你需要注意，如果所有原則和行為都用上了，但你忽視了自己的心理素質和對自己心理狀態的管理，學習還是無法達到最佳效果。

　　近期，我看了一位學習者的來信，她說當她聽外語內容的時候會感到緊張，因此學習受到影響。有的人會寫電子郵件跟我說，自己學一下子可能就會忘，也就是說他一邊學習一邊擔心會忘記，這絕對是有問題的。首先，學一次全部都記住是不現實的，所以對自己有這樣的要求是不正確的。其次，一邊學一邊怕忘記，絕對會導致自己忘記得多，記住得少。

　　在我收到的學習者來信或其他不同管道的資訊中，很少看到關於外語本身的問題，例如片語或句子的意思等，很多的問題和疑惑都是來自學習者心理素質方面的問題。多年的經驗告訴我們，在學習外語的過程中，心理素質至關重要，是成敗的關鍵因素。為了學好外語，我們必須關心自己的心理素質，跨越自己的心理障礙。良好的心理素質不僅可以用在學習外語上，它也是學好任何技能的重要前提。就像打高爾夫球、進行演講、研究高等數學、從事銷售、經營公司等，自己的心理素質越好，學習的效率就會越高，成功的機率越大！

在這章裡，我要跟你分享幾個簡單的步驟和方法，只要你開始用在自己的學習上，就會感受到明顯的進步。

素質①：掌握心理狀態的重要原則和步驟

掌握自己的心理狀態，是擁有良好心理素質的核心部分。如果自己的心理狀態總是不在自己的控制下，就會很容易被外界的環境因素影響，自己的思維也會很容易不平衡，這將會導致錯誤的決定和行為。如果你總能把自己的狀態管理得很好，但是在關鍵時刻還是有一些失控，這也會影響整體的心理素質。所以，不管怎樣，在早期學會如何調整自己內心的環境，將會在最大程度上幫助自己把生活過得精彩，這其中包含了具備快速學習的能力以及獲得學習的成果。

1. 輕鬆、愉快為先

現在，我請你回顧一下自己以往學習的體驗，首先，請你找一下學得快和容易的體驗，找到以後，請把這個體驗清晰地描述出來。然後，再找一個曾經學得慢和辛苦的體驗。現在，請你在頭腦中比較一下，這兩種不同的體驗，它們之間有什麼重要的區別呢？學得快和容易的技能，自己的狀態如何？在這個小小的心智測驗裡，你是否發現，好的學習過程和學習效果跟自己輕鬆、愉快的狀態有密切關係呢？反之亦然，當自己處於緊張或不愉快的情況下，學習的結果是否通常不理想呢？

　　我們也可以從另外一個角度觀察這個問題。想一想，在你認識的孩子當中，哪些學習成績比較好？從客觀的角度來評價，你會覺得他們緊張或非常不快樂嗎？或者，他們處於相對輕鬆、愉快的狀態裡？然後請你再想想，那些看上去總是愁眉不展的孩子，平時的學習成績怎麼樣，算不算理想？從這幾個角度來看，我相信你能發現，輕鬆、愉快的狀態對學習結果的重要影響。

　　輕鬆、愉快地吸收資訊是提高學習效率最簡單和最直接的方法。說得更全面一點，輕鬆、愉快是學習任何東西的必備條件。越能保持輕鬆、愉快的狀態，自己的學習就會越順利。只要你學習的時候，保持輕鬆愉快的狀態，學習速度和學習深度就會得到自然的提升。這種效率的來源，是人體和大腦生理參與的結果。每當我們進入輕鬆、愉快的狀態時，大腦不同地方就會分泌多巴胺。多巴胺這種生理化學物質的作用，包括強化大腦吸收和牢記新資訊的能力。大腦分泌的多巴胺越多，學習的速度就會越快，記憶也會越牢固。為了讓大腦分泌更多多巴胺，只需要把自己的狀態調整到輕鬆、愉快就可以了。

　　也許大家會覺得這個道理太簡單，但不知道你發現了沒有，每一個領域都有捷徑和絕招，掌握這些招數之後，你就可以給自己節省很多時間，從而幫助自己更快達到理想的目標，學習的結果也更深、更踏實。同時，在一般的情況下，這些絕招並不複雜，第一次接觸的時候，經常會覺得顯而易見，甚至非常簡單，然而絕招的威力卻不可思議。實際上，很多非常有用的東西真的很簡單，只要用，就可以看到效果。快速學習外語也不例外，快速掌握外語的絕招就

是這麼簡單：輕鬆、愉快。

2. 用音樂來幫助學習

為了讓自己更加輕鬆、愉快地學習，一個非常簡單的方法就是一邊聽音樂一邊學習。三十多年的心理學研究已經證明，學習的時候聽音樂，可以把學習速度和效果提高 50％以上。如果配上合適的節奏，記憶的效率還會有更大幅的提高。音樂可以幫助你學習的主要原因是，音樂能幫助你調整狀態，從緊張走進一個比較輕鬆、愉快的狀態，這讓大腦分泌更多多巴胺，所以吸收新資訊的能力也就會自然提高了。

聽音樂的時候，你的整個大腦會受到啟發，你的情感也會受到啟發，因此大腦裡的「線路」會自然地被拓寬，這將會讓你的潛意識更快、更容易把新內容吸收到大腦資訊網裡。當然不同的音樂有不同的效果，學外語的時候要聽純音樂，不要聽歌曲，因為歌詞會干擾你的「語言頻道」，阻礙你吸收新單字和片語。最好的音樂風格是悠揚的古典音樂和輕快的現代樂曲。如果你想多了解適合學習外語的音樂，可以參考這個連結：www.kungfuenglish.com/127。

當然，好聽的音樂也會提高你接觸內容的次數。因為音樂好聽，你自然願意重複多聽，因此有機會把外語的聲音深深刻在你的腦子裡，這樣不用背也能自然地記住了。

3. 隨時隨地──用狀態來決定學習的時間和地點

現在，你需要明白一個原則，人的狀態不可能一直不變。根據

生理的自然迴圈，內心的狀態總會有規律性的變化。有時候自己的狀態非常適合學習，進入那個狀態的時候，什麼都能學得好，而有的時候，自己的狀態完全不對勁，學什麼都不靈，不如去鍛鍊身體或睡個懶覺。如果想把外語學得快，要養成觀察自己狀態的好習慣。走進快速吸收新資訊狀態的時候，就應該立刻進入學習狀態，此時要抓住機會，讓學

▲ 充分利用自己的最佳外語學習時間。

習的效果更好。你的最佳外語學習時間可能是早上剛剛醒來的時候，也可能是在開車上下班的路上，可能是下午 3 點 7 分到 28 分那個時段，或是晚上飯後快要睡覺的時候。不管你的最佳學習時間什麼時候到來，都要抓住機會，在那個時段裡學習。為了達到最好的學習效果，你需要清晰地認識自己的自然生理規律，並充分利用自己的黃金學習時間。

　　在過去的社會裡，趁最佳狀態來臨的時間學習不太符合實際，因為人的生活安排總是比較固定的，有上班時間、吃飯時間、上課時間、下課時間等。如果上課的時候你自己的最佳學習狀態剛好來了，那就很好；但是，如果上課的時候剛好是你學習狀態最差的時候，那麼你就會比較難過，學習效果總是不好。如果你是上班族，這個問題就更加明顯，自己工作忙了一整天，晚上還要去上外語課，可是晚上 7 點之後，你實在沒辦法集中精力，所以花了很多時間、很多錢把自己弄得更累，學習效果也非常差。在這種情況下，你會很

容易產生放棄的念頭。

好消息是，現代科技有效地改變了這一切！

我們生活在當今社會，真的太幸福了。現代技術幫助我們解決了一系列以前難以解決的大問題。數位化、小型化、微型化、網際網路和無線技術等，讓我們可以把非常豐富的多媒體學習內容和課程，放在自己的口袋裡，隨時隨地想學就學。從今天起，你可以把學習外語的時間，排在自己學習狀態最佳的時段和最佳環境裡，只要擁有合適的「口袋式」設備，裝好科學的課程體系即可。

素質②：從一天 5 分鐘開始，堅持的關鍵

安娜（Anna）是一位外商公司的祕書，我認識她的時候，她已經三十多歲了。雖然她在外商工作已經有十多年時間，可是她的英語很普通，是典型的英語啞巴。不僅如此，寫英文電子郵件也經常會讓她頭痛。在接觸我們的英語自學系統 2 個月後，她告訴我，她還沒有開始學習！我聽到這個回饋真的感到很失落。因為不聽英語、不接觸英語，不管你是誰，你肯定學不會。接觸英語是掌握英語的第一個前提，違反這個原則，結果就是「零」。

我問安娜為何沒學的時候，她的答案讓我非常驚訝。她說：「因為我每天找不到一個小時的學習時間。」原來，因為她當時找不到連續一個小時的學習時間，所以她就不碰她的英語課程！聽到她這個結論，我不得不問：「你怎麼上下班的？你每天在路上的時間有多少呢？」她告訴我，家離公司有 10 分鐘的車程，她每天坐公車上

下班，而平時在車上沒什麼可做的。

　　大多數人和安娜一樣，想掌握好外語，同時以為必須每天花很多時間來學習，甚至要安排自己出國進入一個新的語言環境，每天用上十幾個小時大量說外語才行。他們也和安娜一樣，因為安排不了那麼多時間，所以連開始學習都不敢，因此永遠沒有任何進步！這個想法絕對不正確，千里之行始於足下！如果你每天只能用5

▲ 千里之行始於足下。

分鐘學外語，最後也會帶來巨大的效果，背後的道理包括「生理作用」、「有品質地運用時間」和「建立新習慣的規律」三大主要原因。

1. 生理作用

　　掌握任何外語的祕訣，在於你大腦的生理變化。你在學的過程中，會引起大腦神經系統裡種種不同的生理變化。為了學好外語，你首先要讓聽覺系統有變化，這樣才能聽清楚新語言的聲音。你大腦儲存語言資訊的模組也要改變，這樣才可以儲存和處理新語言的含義單元和規律。這些都需要你的大腦神經有變化，包括需要生長新的細胞，也要建立神經細胞之間的新連接點等。這些都是生理過程，這個過程在本質上和練肌肉是一樣的，需要時間，也需要方法，不能一下子給自己很大的壓力，強迫大腦神經突然變化！一下子讓大腦神經有大幅度的變化基本上是做不到的。

做個比喻吧。想像你要到健身房鍛鍊身體，第一天很有熱情地開始，開開心心地跳繩、跑步、舉重等，結果會怎麼樣？第二天你會趴在床上沒辦法動！到底該怎麼練？其實道理很簡單，第一天做一點，給你的肌肉時間習慣新的動作和負擔；第二天也練一點，慢慢給身

▲ 每天練習一點點語言，讓身體「消化」。

體機會調整。也不需要每天練，如果第一天練得比較激烈，第二天可以休息一下，這樣既不傷身體，同時還給身體時間好好「消化」應有的生理反應。

學外語也是一樣的，開始學習的時候每天不需要做很多，只要一點點，已經足夠開始引起你需要的神經變化。每天學一點，一點一滴地影響你大腦神經的成長方向，是保證你長期收獲外語學習效果的戰略。

2. 有品質地運用時間

你用多少時間是一個必須考慮的問題，而更重要的問題是，你怎樣去用時間，你投入的時間是有品質的嗎？例如，經常有人問我，學外語的時候能不能一邊學習一邊寫中文電子郵件等。這樣學習肯定不行，因為大腦裡會有「資源鬥爭」，你把注意力放在寫中文電子郵件上，就沒有把注意力用於聽懂和「吸收」外語。為了把外語吸收到你的大腦裡，必須給足注意力並好好使用這些注意力。

還有，如果在聽外語的時候，你能夠把它聽懂，並且直接在心

中建立畫面和感覺，這就屬於高品質的學習，很可能 5 分鐘的時間就足夠讓你感到有一點累！這樣學習雖然時間短，但是肯定有效果。反過來看，如果你用兩、三個小時一步步查字典，翻譯一篇你看不懂的英文文章，最後你可能什麼都沒有學會。

▲ 大腦需要高品質的學習。

總而言之，學好外語的成果不來自數量，更重要的是來自於品質，為了有品質地學習，你要注意兩個因素。第一個因素是我前面已經提到的，如何使用注意力的問題，你在學習的時候，需要合適地集中精神，把注意力放在你正在「吸收」的內容上，不要「飄」。不知道你發現了沒有，孩子注意任何一件事情的時候，他能夠 100％地把注意力放在上面，可以說注意力的品質很高，因此他們學東西的速度比較快。同時，你也會發現，小孩子最多只能堅持 5 ～ 10 分鐘，然後會把注意力跳到其他的事情上。

成年人也不例外，只是能堅持集中精神的時間比孩子長一點，但是不會比孩子長太多。成年人能集中精神 15 ～ 20 分鐘已經很理想了。TED 組織發布了很多精彩的演講影片，而這些演講都有一個特點，就是不超過 18 分鐘。原因是：不管內容多精彩，聽眾都需要換換氣。假如一個演講者的講話時間需要超過 30 分鐘，為了保持聽眾的興趣和注意，必須經常改變說話的速度、聲音大小等，同時最好跟聽眾保持一定的互動，這樣才有機會讓聽眾保持愉快參與的狀態。你自己的經驗絕對能證實這一點，只要回想一下自己以前參加

大會的精神狀態就知道了。如果演講者說話時間太久，我們就很難堅持把後面的話聽到腦子裡。這不只是你一個人的問題，這是人類大腦接受資訊的基本規律。

第二個跟「學習品質」密切相關的因素是一個至關重要的概念，就是前面章節提到的「可理解輸入」。我相信你記得，可理解輸入發揮人類「吸收」語言的本能，也是自然「吸收」外語的最重要因素。當你走進「可理解輸入」的狀態，就會不知不覺地進入掌握外語的狀態了！所以，如果你在學外語的時候，連續學習一個小時，但是幾乎什麼都不明白，還不如用 5 分鐘充分學習你能夠明白的內容。後者會保證大腦「吸收」這些外語內容，因此你能夠循序漸進，一步步把外語累積到一個理想的程度。

關於學習品質這個問題，總體而言，每天保持正確的狀態學外語，只學 5 分鐘就比在沒有正確的狀態時學習幾個小時好很多。當然，如果你的狀態能保持，學的時間比 5 分鐘長就更好，例如每次學習用 15 ～ 20 分鐘的時間都可以；最重要的是如果你發現自己開始累了，發現你心不在焉，停下來休息是最正確的選擇。休息好了以後再回來學，你仍然人在、心在、神在，因此吸收外語的效率高，進步明顯！

3. 建立新習慣的規律

從一天 5 分鐘開始學外語，背後還有一個重要道理，這個跟建立新習慣有密切的關係。我年輕的時候，有一個不太好的習慣，就是一旦認定一個方向，我會全心全意把自己投入進去，完全改變我

個人的生活習慣，結果我總是最多堅持一兩個星期，之後就無法再堅持了，好像彈簧一樣，回到過去的老樣子。我後來才知道，這個問題來自於我的爬蟲腦。爬蟲腦就是我們常說的小腦，爬蟲腦管理我們平日裡的一切習慣和「私人小儀式」，包括吃什麼、早上是否刷牙、什麼時間做什麼活動等。而且我們的爬蟲腦有一個特點，就是不喜歡變化，它就好像一條老鱷魚一樣，躺在那裡不動！刺它一下，它可能會挪一挪，但是你不再刺它的時候，它就不動了。既然這樣，如何建立新習慣呢？

首先得明白，新習慣不能一下子改變很多，只能一點一點來。如果你想建立一個新習慣，開始的時候，只要每天做一點點就可以了。例如，你想減肥而為此開始跑步，你絕對不要一下子跑很遠，更正確的做法是，先準備好你的鞋，然後每天把鞋穿上，然後再脫下來就可以了。穿鞋脫鞋變成習慣以後，可以加一點，就是穿鞋後到樓下壓壓腿，然後上樓再脫鞋。這個變成習慣之後，就開始走走，但是不能太遠。你這樣慢慢養成新習慣，同時不會引起你的爬蟲腦激烈的抗拒。當然，這個例子可能誇張了一點，但從中可以認識到核心的道理，就是所有新習慣是一步步建立起來的。

學外語也是一樣的道理，如果你原來不學外語，一有熱情，就開始每天學十來個小時，堅持很久是不太可能的。反之，如果你一步步建立一個新習慣，從一天5分鐘開始，然後慢慢增加學習時間和強度，長期堅持學，肯定能做得到。例如，你可以先每天用一點時間，準備你的學習資料，最好是每天同一個時間翻翻，每次5分鐘就可以了。新的習慣建立好了之後，你可以開始增加活動，每天

只聽 5 分鐘的外語，然後做別的事。當你每
天都能自然把 5 分鐘拿出來學習時，就可以
開始增加學習的時間。這樣比一下子做很多
然後放棄，要好上許多倍呢。

在現代社會裡，大家都非常忙碌的情況
下，要找出一兩個小時的學習時間並不容
易，但是每一個人應該每天都能找出 5 分鐘
的時間，在 5 分鐘學習時間變成習慣以後，
循序漸進地改變日常生活的安排，增加學習

▲ 每天撥一點時間接
觸外語。

時間就不那麼難了。如果你可以不管在哪，也不管什麼時間，只要
一想學就能立刻拿出來學，建立一個新習慣是更容易的！

說回安娜的情況，她告訴我沒時間學習的時候，我要她從 5 分
鐘開始，而且我就是建議她用上下班在車上的那個時間做為她的英
語學習時間。為了達到這個目的，她首先要記得每天晚上把充電變
成習慣；在這個習慣建立好之後，要把手機或平板放在自己的包包
裡變成習慣；然後，每次一上車，把學習工具拿出來開始學習變成
習慣等。這樣下來，在幾個星期內，安娜每天上下班的路上都在學
英語。除了把英語學習變成習慣之外，因為每次的學習時間很短，
她完全能把注意力 100％放在她想掌握的內容上，保證可理解輸入和
自然「吸收」的好結果。

非常有意思的是， 安娜這樣學一兩個月後，感到越來越興奮，
原因是她發現自己能聽懂的越來越多，因此對自己的信心越來越多！
後來，她決定增加學習時間。原本她每天下午 6 點下班，下班就乘

車回家。決定增加學習時間之後，她每天一到下午 6 點，就把學習工具拿出來聽，聽一會兒再離開公司，一邊走一邊學。這樣每天慢慢增加一點學習時間，到最後，她每天從晚上 6 點到 7 點半都在學外語。因此，她的學習時間自然從每天 5 分鐘增加到 90 分鐘。

去年，安娜告訴我，在她身上發生了一件做夢都想不到的好事。公司決定讓她擔任大型年會的英語節目主持人，這完全是她一年前想不到的驚喜！

想學好外語，一定要記得：品質第一，數量第二。一個有品質的 5 分鐘，遠遠大於沒有品質的 2 個小時。

素質③：欣賞自己已經會的

1990 年代，有一個來自中國內地的小孩在香港讀書，他一點英語都不會，12 歲那年，他決定參加一個英語考試。考試分數公布那天，爸爸問他：「考得怎麼樣？」兒子回答：「考了 3 分。」

「哇！」爸爸大聲喊，「我的兒子好棒！」

兒子覺得有一點奇怪，他的分數很低，不知爸爸為什麼那麼開心。爸爸告訴他：「你原來一點英語都不會，但是有足夠膽量去參加考試，我真佩服你！」

第 2 年，兒子又去考英語了。這次回家，他告訴爸爸，他考了 39 分。爸爸聽了以後，又同樣興奮，並且表揚他的兒子說：「哇！厲害！厲害！去年考了 3 分，一般人早就因為去年的成績放棄了，但是你又去考。我欣賞你的堅定和信心，也非常佩服你這一年的努

力和進步。做得非常好。你一定能辦得到！」

第 3 年，兒子又去考，不僅及格還取得了高分。到今天，他的英語非常流利，完全達到了母語者的水準。可以說，這個結果跟他爸爸的態度關係很大。兒子每次報告成績，爸爸只看到優點。因此，兒子的注意力自然放在了自己的優點和成功之處上。就這樣，兒子一步步地建立了自信心，同時循序漸進練好了真正的技能。兒子的成功是這個過程的必然結果。

我們得明白的是，我們的大腦在某一個程度上很簡單，欣賞它、鼓勵它就會讓它高興，在這個狀態裡，它很願意做好自己的本分，迅速分析資訊和記住資訊。反之亦然，如果大腦不高興，同時覺得不被欣賞，它就會罷工！會讓學習變得很慢、很辛苦。其實，背後的邏輯很簡單，為了學任何東西，必須要冒一定的風險。意思就是，要試試曾經不會的東西──因為原來不會，在試的時候肯定會出錯！在學新東西或試新技能的時候，出錯是必然的，避免不了的！如果每次嘗試的時候都被批評或被罵，一個人自然會不敢去試，因為我們下意識的心裡話是：「我去試肯定會有一些不對的地方，我一出錯就會被罵。因此最好連試都不試，維持平庸，去睡覺好了。」

為了讓你的外語學習充滿樂趣，充滿自信，你必須懂得欣賞自己已經取得的小成就。不管這些成就多小，只要發現它，自己就應該高興地笑一笑，欣賞自己一下，甚至慶祝一下，為自己的小

▲ 懂得欣賞自己，會讓學習更有樂趣。

進步乾一杯！

這樣做可能會讓你覺得有一點奇怪，因為這通常不是大多數人的習慣。但是堅持這樣做一段時間，你會發現，自己的大腦越來越靈活，越來越願意挑戰學習陌生的內容。當我們的大腦處於開心、肯定、愉快的狀態，自然會鼓勵我們繼續學習。所以要記住，不管自己現在的水準多高或多低，要經常欣賞自己已經會的，打好基礎再持續進步。

素質④：正確評估自己的進度

接著上述概念，為了最大幅度鼓勵自己的大腦學習，我們需要能夠看到「進展」，並且用這些進展來鼓勵自己。怎麼做呢？首先，我們看看大多數人錯誤的做法和思維。

很多人在學外語的時候，非常擔心自己進步慢，學了20～40天，但是外語還不能說得和華語一樣好，因此在那批評自己，說自己沒能力等。靜下心想想這種情況，你會發現這種要求實在太過分，甚至恐怖。華語已經說了幾十年，你每天接觸華語的時間有12～16個小時，如果算算總體時間，你到30歲的那年，已經練了13萬小時華語！你絕對不能把30歲成年人的華語和只學了一段時間的英語水準相比較，因為你的英語剛剛練了十幾個小時，在這種情況下，肯定是不一樣的！如果你堅持這樣比較，只會令自己感到沮喪，對自己不滿，因此開始批評自己，導致大腦更不願意學！這樣對自己太不公平了！為了正確地評估外語學習的進展，最好的方法是評估你的外語年齡。是

的，你是有一個外語年齡的！也就是說，評估自己的最好方法，是用小孩學母語的過程來對比。

你知道嗎，一個 8 個月大的小孩，可能聽懂 200 個詞，就是聽媽媽或爸爸對他說的話，可以大概知道這些詞代表什麼具體的意思，例如「吃飯飯」，或「快來洗澡澡」等。雖然，

▲ 用小孩學母語的過程來評估自己的學習過程。

孩子能聽懂這些，但是說不出來，更不會寫。在孩子 8 個月左右的時候，或許可以開口說兩、三個詞，這已經算不錯了！

你剛剛學外語一個月，遇到了 800 個左右的單字，如果你已經可以認識一、兩百個詞，同時自己能開口說三、五個詞，那你已經是天才寶寶了！

外語年齡這個概念非常重要，所以你得經常記得它。當你對自己的外語不滿意的時候，不妨先問問自己，你現在的外語年齡多大？假如你透過 3 個月的學習，已經達到了 5 歲的外語年齡，這個結果絕對是令人滿意的！

當你的外語年齡達到 5 歲時，你已經掌握了外語的基本結構，你會記得而且能用幾百個甚至 1,000 個外語高頻率詞。但是，你肯定不會認識所有外語詞，你不會聽懂所有的外語電影、新聞等。華人孩子 5 歲時，看電影能完全理解嗎？5 歲的華人孩子能聽懂國家大事的新聞嗎？當然不能。所以請記住，當你在外語進步的過程中，不需要用自己的外語能力去對比自己當前的華語水準，只要考慮今

天是否懂得比昨天更多一些？是否從 3 歲長到 4 歲了？這樣你就能保持一個非常積極的學習狀態。想立刻了解自己的英語年齡，可進入這個連結免費測試：www.kungfuenglish.com/122。

素質⑤：戰勝恐懼

　　你是否經歷過這種情況：以前在學校的時候，老師問你一個問題，你當時回答不出來。更討厭的是，你可能知道正確的答案，但老師一問，你的腦子忽然一下子空了，什麼都記不住？我們每一個人都會有這種體驗，在被追問的時候，我們都會變得有一點緊張，甚至有一種危險的感覺。這種緊張和危險的感覺直接破壞我們回憶的能力，導致沒辦法回答問題。

　　其實，這種反應是人類生理的自然反應，而且它有著非常重要的價值。在人類進化的過程中，它能夠保證我們的生存能力。人類遇到危險的時候，例如，在路上碰到一群獅子，自然會進入一種叫做「戰或逃」（Fight-or-flight response）的狀態。

　　在「戰或逃」的狀態裡，我們的所有能力全部集中在拯救自己的生命上，血液流到我們的腳，也流到我們的手，我們身上的肌肉因此膨脹。肌肉展現的速度和力量，便於我們跑得更快、打得更猛。在這種情況下，我們心中唯一的目標就是：求生！在這種狀態下，我們

▲ 恐懼也會影響學習成效。

眼睛的焦距會變，我們的呼吸會變，我們大腦所有的資源都在考慮怎麼樣生存。因此，沒有任何能量可以用在其他的功能上。

當一個人進入「戰或逃」的狀態時，就根本沒有任何「心智資源」用來學習或記住新東西。大腦裡，跟學習有關的「線路」也打不開。所以，在高度緊張或害怕的狀態下，學習基本上是不可能的。在遇到實際危險的時候，這種反應完全正確。但是，在很多人的身上，「戰或逃」的狀態經常出現在不合適的時候，並因此破壞了記憶的效率和學習的進度。這是完全不必要的。

這種恐懼症基本上是一個條件反射，它的存在是因為過去的某種原因，一個人把「外語」和「害怕」連成了一體。因此，當要說外語或聽外語的時候，大腦裡自然會感到害怕。怎樣戰勝自己的恐懼呢？有幾個比較簡單的方法。

1. 判斷恐懼的必要性

黃女士今年 39 歲，熱愛英語也很積極學英語，可是她對英語感到恐懼，這導致她學習進度很慢，有機會開口說也不太敢「衝」。2013 年在香港，我有機會和她認識，她跟我說：「每次開口說英語，我實在太害怕了，萬一說錯怎麼辦？」我不得不問：「假如你說錯了，地球會爆炸嗎？」她愣了一下，眼球在眼窩裡緩慢地轉了幾下，過一會兒她說：「那當然不會。」我趁機追問：「萬一你說錯，最差的結果是什麼？」她又想一想，接著說：「人家不明白我說什麼。」

那個瞬間，她的身體突然放鬆了很多，臉上開始露出一些微笑，然後大笑……就像一個大包袱徹底放下來了一樣。

如果很理性地去看，說外語的時候，根本沒有害怕的必要。為了證實這個觀點，你只需要考慮一下最差的結果會是什麼？結果是否差到你必須害怕的程度？你開口說的結果，是不是地球會爆炸？當然不是！最差的結果就是對方不明白，而且大多數人不明白的時候，他們會更努力地配合你，目的是把意思搞清楚。因此，客觀來看，害怕說外語是完全沒必要的。

很多人只需要明白這個事實，恐懼感就會在瞬間消失很多，並在幾分鐘內，徹底解決自己害怕說外語的問題。

2. 地位問題

如果你判斷了恐懼的必要性之後，發現自己還是有些害怕，那就必須挖得更深，要問自己：「既然客觀上看不到任何需要我害怕的情況，到底我為什麼還是感到不舒服或者害怕呢？」問這個問題的時候，你很可能會發現一個非常有趣的答案：地位。

學外語的成年人，害怕學外語的一個非常重要的原因，自己的外語水準和外語年齡引起內心社會地位的矛盾。

小孩基本上沒有社會地位，不能他說了算，他不能控制局面，更不能做重要的決定。孩子沒有權利，也沒有對外界大範圍的影響力。因此，孩子說錯了也沒關係，再來一次就好了。而成年人，尤其是成功人士，在開始學外語的時候，會為自己孩子般的溝通能力感到很不舒服。當你的外語年齡還小，開口說話的時候，覺得自己不是成年人，就像一個小孩，不能自如說話，不能影響別人，有時候無法表達自己心裡深層的意思。基本上，在這樣的水準，你就是

不能全面自信表達自己意思的小孩。因為這個原因，你在說外語的時候會感覺到「失控」，所以你感到不舒服，甚至有一點恐懼。因此，你會更情願用華語說話，保持自己「有力量」的感覺。

假如你不敢開口說外語的原因是「失控」帶來的恐懼感，那麼應該怎麼解決呢？首先，要記住自己還是成年人，只不過你正在練新技能而已，而且這個技能還需要一段時間才能練成。當然，也要看清楚客觀的風險，判斷你說外語的時候最壞的結果是什麼，如果你發現根本沒有任何惡劣的結果，就不要去理「害怕」的感覺，照樣開口說話，繼續這樣做，你會證明給自己看——根本沒什麼可怕的。

3. 記住並利用兒時的精神狀態

身份差異帶來的恐懼或其他方面的恐懼，也可以用幼年精神來克服。基本上，你需要開始用小孩時的狀態面對外語，例如只會幾個單字就儘量用那些去溝通、遇到新東西的時候要感到滿心好奇，「摔倒」後馬上再「爬起來」、繼續快樂向前衝！你以前就是這樣，現在可以回想那個狀態，並好好用在外語的溝通上！

我建議你找一位好的外語家長進行交流，因為好的家長會理解你在表達什麼，也會用一切辦法讓你覺得自己有力量、自己還是有自主權等。這樣就給你一個良性的環境，你更可以用小孩的優勢盡情地玩！

4. 提高自己忍耐歧義的能力

不知道為什麼，很多成年人在學外語的時候，要求自己每一句、

每一個詞全部都聽懂，如果有一點不清楚，或萬一哪個點沒抓好，就會緊張甚至恐懼。這個反應就好像我小時候要解開纏在一起的繩子一樣。那時候，我覺得手腳比較笨，我實在沒有耐心面對纏起來的繩子，心裡覺得好煩。結果，倉促動手反而把它弄得更

▲ 越急著把線團鬆開，反而會把它弄得更緊。

緊，更難解開。後來，我爸爸看到這個現象，開始教我如何面對。他告訴我，首先要靜下心來，不要擔心結果怎樣，要輕輕鬆鬆的。找到繩子的一端，先把那一端鬆開，然後一點點跟著繩子走。把它每一個打結的地方，一個一個地鬆開，這樣慢慢來，最後把整條繩子都解開了。

解開繩子這個過程，在本質上反映了人生中非常重要的技能，就是「忍受歧義」。忍受歧義的意思是，你需要答案，但在還沒有答案的時候，能夠保持一個積極的心理狀態。你想要一個結果，但是還沒有想通如何得到那個結果時，你仍然可以保持良好的心理狀態。你剛開始聽外語的時候，大多數都聽不懂，但你仍然可以感到舒服、自在。這些表現都是忍受歧義的表現。你越能忍耐歧義，就越有能力掌握新技能。不只是英語，任何外語、任何技能的掌握，都需要你具備忍受歧義的能力。忍受歧義是獲得成功的關鍵技能之一。如果你現在缺乏這種重要能力，就必須加強這方面，透過加強忍受歧義的能力，也會自然降低自己內心的恐懼。

在學外語的過程中，忍耐歧義的意思是，你可以有很多地方聽

不懂，但這不會引起你任何情緒上的反應，你照樣應該對自己有信心，並且讓自己感到放鬆，甚至能把注意力放在有意思的地方，例如節奏、多次重複的聲音等。一個不能忍耐歧義的人，會要求自己把每一個字都聽懂，如果只有一個字不明白，就感到非常不舒服，好像自己有什麼問題似的。這種反應基本上只會讓你不斷受挫，因而很容易產生放棄的念頭。

結論就是，你越能忍耐歧義，就越能解決自己的恐懼，因此越能迅速掌握外語。如果你發現自己忍耐歧義的能力有問題，最好開始在這方面下功夫，加強這方面的能力。怎麼做？最簡單直接的方法，就是練習「泡腦子」的技能。

在任何語言裡，語義只占溝通過程的 15%，剩下來的 85% 是透過非語義方式表達，包括旋律、語調、動作等。為了建立語感，你必須建立非語義方面的溝通能力，「泡腦子」會幫助你提高這方面的敏感度，強化下意識吸收外語的能力。為了掌握這個技能，你要培養你的大腦注意到非語義資訊，也要培養你的大腦，注意到外語裡經常出現的高頻率資訊。

「泡腦子」有幾個重要的目的，其中最重要的，是培養你對歧義的忍耐度，學任何東西都學得很快的人，非常能忍耐歧義。反而學新東西覺得有困難的人，基本上受不了歧義，在歧義的面前，他們總是感到非常不舒服。在「泡腦子」的時候，不能忍耐歧義的人，因為有很多聽不懂，因此會產生焦慮、不安等負面情緒，結果讓自己更加聽不懂。能忍耐歧義的人，會把注意力放在懂的地方和非語義方面的資訊，逐漸提高自己的能力。不管你目前對歧義的忍耐能力如何，透過

「泡腦子」的過程，你這方面的技能肯定會提高。因此在「泡腦子」階段，你會提高自己掌握外語的一個至關重要的能力。

想要多了解「泡腦子」的做法，可以參考這個連結：www.kungfuenglish.com/118。

5. 把臉皮長得厚一點

把臉皮長得厚一點，對快速學會外語有非常巨大的幫助。我曾經在《第三隻耳朵》中提到這個觀點。佩妮（Penny）是一位來自香港的女士，她的先生喬恩（Jon）來自東歐。他們都是《第三隻耳朵》早期讀者，他們的英語水準比我初見他們的時候大大提高了。更讓人驚喜的是，在短短 2 年內，喬恩把粵語也學得很好。兩個人都告訴我，他們利用我所分享的外語學習法，提高自己的外語水準。同時，兩個人都認為這些方法給他們帶來的最大好處之一，是把他們的臉皮練厚了很多。

喬恩說：「當我看到臉皮厚是學好外語的必備條件後，我決定放下害羞和不自在，盡量去說。當然，有時候會說錯，但這不能影響你，你必須懂得向前衝，想說就說。」

佩妮也同意喬恩的觀點，說：「雖然我的英語以前不錯，但是我離母語者水準一直有滿大的距離。在把自己的臉皮練厚之後，我什麼都敢說。不理對錯，只是盡量去說，盡量去溝通。在這個過程中，我沒有發現任何不好的結果，只是變得徹底不怕，膽子大了！這帶來的外語學習結果確實很理想！」

從喬恩和佩妮的故事裡，我們能看到，把自己的臉皮練得厚些，

放下所有的害怕和緊張，是學好外語不可缺少的重要步驟。為了達到這個結果，最簡單和直接的方法，就是問自己：「說錯的時候，結果到底會差到哪裡去呢？」一般來說，不會有任何大問題，因此我們可以把害怕全部丟棄，不顧一切往前衝！

我相信，把前述幾個招數都用上，大多數人學習外語的恐懼感應該幾乎都沒有了。如果還有，意味著有一些深層的心理創傷，可能需要一些專業心理療法才能解決。

素質⑥：100%承擔學會的責任

記得多年前我剛到香港的時候，為了謀生，我要在補習班教外語，我的做法基本上是把自己當成學習者的外語家長，用外語多跟同學們交流。在這個過程中，我儘量圍繞學習者覺得有趣的題目，也注意用比較簡單的英語，便於他們理解。很多學生都非常喜歡這種學習方式，儘量都用英語跟我溝通，表達他們的興趣和觀點。可是，當年有一位女士對這個學習方法非常不滿意，有一天，她突然大聲跟我說：「你讓我說話幹麼？你應該教我外語！」她非常不滿意，很快就決定不學了。

我當時實在搞不懂，想不通發生了什麼事。我很清楚，為了學會外語，自己必須把它當成一個溝通工具，儘量去用（包括多聽和多說），我就是這樣把普通話和粵語學會的。我觀察了很多成功學會外語的人，發現他們都有跟我相同的做法，他們都積極使用新語言，透過「用」把它學會。我也觀察了很多外語學習失敗的人，無

論他們知道多好的方法，但他們不願意承擔學習的責任，不用或不練，效果都會很差，進步的速度緩慢。

但是，不管證據多全面和多有說服力，那位女學生不想透過這個科學的方式來學。她要求我教她，甚至把她教會。我實在感到莫名其妙，可是後來才知道，那天發生的這件事，算是宇宙送給我的一個大禮物！經過好長時間的思考，我終於明白最核心的道理：「外語只能學，不能教！」

學會外語，或任何其他東西，前提是大腦有一個合適的狀態。如果自己的大腦狀態調整得好，那麼學習又快又容易。如果狀態調整得不好，學習會慢而且辛苦。還有，你自己的狀態怎麼樣，完全是自己的責任！

如果一位老師想教你東西，但是他教的時候，你對他所說的話一點興趣都沒有，結果自然是什麼都進不去你的大腦。反過來，如果你對某件事情興趣很大，不管怎樣你都一定要把它掌握好，無論要面對多大的阻力，你還是會把它學好。除此之外，如何投入時間、怎麼定目標、選擇什麼樣的方法和學習工具，完全是每一個學習者自己的責任！

在學外語的時候，做為學習者，你需要問自己幾個重要的問題，包括：

1. 我的學習目標夠吸引我嗎？
2. 我學習的時候狀態對還是不對？
3. 我用的方法有沒有提高我的學習效果？如果沒有，我是否要

下功夫找別的方法？

4. 我有沒有合適地去問問題？

5. 我有沒有拿出足夠的時間來練習？我是否把外語學習放在了重要的位置？

6. 遇到好方法，我有沒有好好去用？或我是否正在用自己錯誤的理念，來指引我的學習？

我相信你會發現，所有跟學習成功有關的重要因素都在自己的控制之下，也就是說，這些全是你自己的責任！如果你沒有一個吸引自己的好目標，肯定會缺乏學習的動力。這種目標不是別人給你的，是你自己想要的！

你學習的時候是否進入輕鬆、愉快的高效學習狀態，基本上只有你知道。如果狀態不對，只有你可以選擇改變場所，深度呼吸改變狀態，或選擇好聽輕快的音樂支援自己繼續學習等。其他人有可能會看到你的狀態不佳，也有機會給你建議，但是最終你的狀態是你自己的責任。

也許，跟別人說外語對你來說是一件很重要的事情。但別人的時間可能無法配合，或者別人沒有同樣的需要。在這種情況下，怎樣才能練好外語口說呢？你可以自己跟自己說外語。總之，外語對你來說到底多重要，得先看你自己怎麼安排時間。如果每天連 5 分鐘的時間都安排不了，卻總是說自己沒時間學習，那麼，你必須得重新審視一下自己學外語的真正動力。

說說學習系統吧。一個好的外語學習系統，會給你機會多接觸

最高頻率的外語內容。它會用微課程的方式來安排內容，以配合現代成年人運用時間的規律，並盡量配合人們注意力短暫集中的現象。好的系統也會提供不同的工具，包括合適的音樂、狀態管理輔導方法等，全部內容的選擇和安排，應該從頭到尾符合科學學外語的核心原理。

即使你擁有這種系統，能否把外語學會也完全是看你自己！如果總放在家裡不拿出來用，就是學不會。如果系統教你一些科學的方法，但是你跳過這些方法論的幫助，把自己舊的、失敗的方法覆蓋在新系統上，學習就會又慢又辛苦。當然，如果新的方法不適合你，改變方法的責任還是你自己的，但如果你根本沒有給自己使用好方法的機會，失敗的責任還是要歸咎於你自己。

再重複一次，「師傅領進門，修行在個人」。外語學得好還是不好，最終是你自己的責任。想把外語學好嗎？主動學習，主動承擔學會的責任吧。

素質⑦：為自己營造正確的外語學習環境

決定把學會外語的責任完全承擔起來，需要如何做呢？最好、最直接的方法是創造一個外語學習環境。要明白的是，「外語學習環境」不等於「出國」！「外語學習環境」真正的意思是，你要儘快開始每天接觸外語，也要儘快開始用外語來交流、傳遞資訊！也就是說，資訊可以從你自己的腦中傳遞到別人的腦中，反之亦然，別人也能把資訊從他們的腦中傳達到你的腦中。為了達到這個結果，

最好找一些可以跟你用外語對話的人，經常進行一些外語交流，只要做，無論多簡單都可以，最主要是能真正用外語和別人溝通。

可能目前你身邊沒有人能陪你說外語，或者即使你的身邊有一些外國朋友或工作夥伴，但是他們並不適合當你的「外語家長」，如何為自己營造正確的外語學習環境呢？如何利用有限的資源，在不影響正常生活和工作的前提下，讓自己的外語保持高效進步呢？

在沒有機會跟別人用外語進行交流的時候，還是要找機會每天聽和看一些外語，把聽外語和看外語變成自己日常習慣的一小部分。最好是找一些能隨身攜帶的多媒體外語內容，這樣既可以聽、也可以看。只要你有 5 分鐘或 10 分鐘的空閒時間，就能拿出來聽聽看看。這樣會慢慢創建一個「有空隨時學外語」的習慣。

接下來的一個問題是，每天最好接觸什麼樣的外語內容？如果你是從零或非常初級的水準開始學，最好從日常溝通的場景內容開始聽，這樣可以迅速掌握最管用的短句和片語，在幾個星期內就可以開始進行簡單的外語交流。

如果你的外語不完全處於初級水準，但聽日常場景內容的時候，還達不到 100 ％ 清楚、都聽懂，還是需要多複習日常交流的最核心內容。如果你基本能聽懂日常場景的對話內容，只是自己還不能夠自動回答，那麼還是需要多複習一下。主要原因是學外

▲ 透過方便的科技工具，讓自己隨時沉浸於外語。

語的時候，我們的目的不是辛辛苦苦地把每一個詞都翻譯成中文，而應該是一聽就明白，明白意思就能迅速反應。為了達到這個結果，可以把日常外語聽 10 遍、100 遍甚至數千遍。

　　不要犯一個很基本的錯誤，就是「為了學更多，我需要聽陌生的外語」。從前面幾章中，你應該了解，把外語變成自己能隨時運用的工具，需要經常聽「可理解」的內容，這樣才能保證潛意識完全把這些內容融合到自己大腦的神經資訊網裡。因此，如果你已經聽懂一些外語，可以把這些內容多聽很多遍，把它練得非常熟悉。如果找到一些帶著音樂的外語內容，可以當成歌曲聽，做到「歌詞黏在腦子裡」的自然結果。這樣做就是給自己創造了一個非常好的外語學習環境。如果你想多了解這種方法，可以參考：www.kungfuenglish.com/119。

　　如果你的外語已經學得不錯，也應該用這裡主張的同樣方法，多聽已經熟悉的內容，完全把它牢記在自己的心底，變成自己的一個重要部分。如果你已經很熟悉日常交流的一兩千高頻率單字和片語，最好把自己的注意力轉移到聽懂和看懂一本外語著作，一頁頁鑽研作者的意思，一邊掌握新的知識，一邊把外語的表達方式變得越來越自如。最好的內容素材，都會用可理解輸入的理念來設計。你會有機會先透過華語了解核心的含義，在懂含義的基礎上，下一步是直接聽外語的同樣內容。這樣一來，在已經知道意思的基礎上，聽的時候你可以完全放鬆去摸索外語的表達方式和習慣，也練習把所聽到的外語融合自己心目中的畫面和感覺，因此建立聽外語自然反應的神經線路。透過外語來深入研究新內容，也是給自己創造外

語學習環境的重要步驟。

以上的方法都會給你創造可理解輸入外語的好環境，只要有時間就多聽多看你能明白的內容，就能滿足「外語學習環境」的最重要條件。每天這樣去聽，絕對會幫助你迅速提高外語的綜合素質和能力。剩下來就是說話，要練到嘴巴可以自然反應說外語，因為說話需要嘴巴的許多肌肉配合，必須多動自己的嘴巴來練習。

初學者除了聽片語歌來「跟著唱」，也應該找一些好的發音範本，然後跟著範本每天練習。如前述，聽的時候要把聽的聲音和嘴巴的感覺連接起來，把效果做得更明顯，最好是一邊看範本的臉，一邊跟著說。為了確定自己的發音夠正確，也可以錄下自己所說的單字，比較一下自己和範本的發音，然後做出合適的調整。每天這樣練十幾次，每次只要一兩分鐘……這些做法就是在給自己創造一個外語學習環境。當然，有隨身攜帶的外語學習系統，會讓這種效果更容易實現。

接下來，讓我們聊聊自言自語的好處。在缺乏外語交流對象的時候，你可以用自言自語來練習對話。聽到這裡，你可能認為我瘋了！慢點，在做結論之前，請回憶一個你認識的人，這個人因為曾經做了一場非常精彩的商務演講，而讓你對他印象深刻。這個人站在眾多的觀眾面前，讓大家興奮開心，每一個人都為他著迷。

你知道演講者如何準備的嗎？是的，他們自言自語！他們想像要說的內容，在心目中多次重複，然後大聲跟自己演練，沒人聽他們說，但他們當成眼前有數百人在聽，這樣大聲去說話練習演講！

你可以用同樣的方法來練你的外語。如果你沒太多機會和別

人說外語，你還是有機會說出口。幾年前我們有一個叫小彭的員工，她的英語非常出色，而最有意思的是，她本來是在中國比較小的二級城市把英語學會了。除了學校有一位能講英語的老師，她的環境沒有任何能交流的朋友，可是她仍然把英語學到了接近母語者的水準。

每當我遇到出色的人，總會對他們的表現感到好奇，我對小彭也是如此。有一天，我問她是怎麼學英語的。原來，她因為沒有外語交流對象，決定每天自己開口說外語，用這種方式去練。她最早是把英語單字貼在她的東西上，書上貼個「book」、冰箱上貼個「fridge」、電話上貼個「phone」等，一看到這些就用外語稱呼，大聲說出來。逐漸地，她自然可以把日常的實物，直接聯繫到她大腦的外語資訊網中。

基本功練好了之後，她開始自己創造對話，例如她先想「Good morning!」（早上好），接著她會想對方大概會說什麼，例如「Lovely morning!」（今早天氣很棒！）等，這樣她可以進行好幾分鐘的對話。開始練的時候，只有一兩分鐘，但鍛鍊這個技能的時間長了以後，她可以堅持 10 分鐘以上。她簡直證明「天下無難事，只怕有心人」的哲理！ Where there is a will, there is a way!（哪裡有意志力，就能找到路。）

所以，做為成年人，你絕對可以透過安排自己的生活，創造無數的鍛鍊機會，這也會增加你掌握外語的速度和深度！

還有一點必須補充，就是自言自語不只是成年人能用。如果你觀察小孩，你會發現，他們睡覺前經常在床上嘰嘰喳喳說些什麼。

如果你仔細聽，就會發現他們在練當天聽過的一些話！所以，自言自語應該是我們掌握語言的一部分天性。如果加上成年人的組織能力和自律性，效果會更好！

第 **6** 章

商務外語就是
「日常外語＋＋」

　　我經常聽到商務人士說，他們需要掌握商務外語，對日常外語沒什麼興趣。這種觀點也滲透到很多公司的人力資源部，大家好像都認為商務外語是一種特殊類型的外語，必須單獨把它學會。實際上，把商務外語當成獨特類型的外語是本質上的錯誤。

　　不知道你有沒有想過，所謂「商務外語」到底是什麼？是不是與日常外語很不一樣？更重要的是，能否完全不學日常外語，只學商務外語來解決商務溝通的問題呢？為了回答這些問題，首先讓我們一起在心中回想一下商務交流的過程，分析一下這些交流到底包含了怎樣的內容和溝通技巧，思考一下不同的商務溝通場景包含了哪些話題……在這一章，我們也主要以英語為例。現在，我們就從最簡單的場景開始吧。

禮節和禮貌

　　當你與商務對象會面的時候，通常會怎樣開始呢？如果是第一次認識的關係，一般來說，大家會先握手，簡單打招呼，說「你好」（hello）、「很高興認識你」（nice to meet you）等類似的話。走進辦公室的時候，主人一般會說「你先請」（you first），同時用手勢表達，請客人先走進會議室，客人一般會說「謝謝」（thank you），然後走進去。

　　這種溝通與平時認識新朋友的交流是一樣的，用的詞和短句就是日常禮節和禮貌用語。這種溝通就是社交的「潤滑油」，在任何場景下，這種話語會讓整個交流過程既舒服又順暢，也會幫助大家

建立良好的關係。這種話在哪兒都有用，所以絕對可以說是「日常英語」，在這種基本的溝通裡，沒有什麼特殊的商務英語。在此你也許覺得有道理，同時也擔心在更正式的商務場合該怎麼辦，因此我們需要繼續研究，在開始正式的合作前，大家會聊什麼呢？

任何合作的前提：閒談和聊天

現在，讓我們一起想得深一些，回想與重要商務夥伴見面開會的那些場景，大家會面的時候，是否一下子就開始談判專案的重點，迅速進入深層細節和專業話題的探討呢？我想除非有什麼特殊情況，這種現象不會出現。

反而，不同的商務人士在會面的時候，話題肯定圍繞不同的日常題目。有的人會首先詢問你的背景、你是哪裡人，有的人會開啟體育方面的話題，例如，詢問你喜歡打什麼球，或主動跟你分享他自己的高爾夫球成績，近期打了三次一桿進洞等。也有人會關心一下你的家裡情況，例如詢問孩子多大了、讀書怎麼樣、愛人的健康情況如何等，你也會用同樣的方式關心別人。有商務會面經驗的人也會很清楚，這種交流可以占整個會議時間的 10％以上。這些對話在會面開始時肯定會說，散會前也有這種交流，在會議中間

▲ 商務溝通脫離不了閒聊。

大家休息的時候，這種話題也經常出現。因此，我們也能分析出，商務溝通的重要成分就是日常閒聊的那些話題和內容，而這些也離不開日常英語。

數字、地點、描述等

接著，讓我們看看更深的商務溝通，包括一般的會議協調、價格商討等。當你邀請商務夥伴開會時，就會進行下面的對話：

A：你想什麼時候見面談談？

（When do you want to meet and talk?）

B：下週二可以。

（Next Tuesday is good.）

A：在我辦公室可以嗎？

（Is my office OK?）

B：可以。你辦公室隔壁飯店的咖啡廳也行。

（That's OK. The coffee shop in the hotel next to your office is also good.）

A：喝一點咖啡也好。就在飯店的咖啡廳吧。

（It would be good to have some coffee. Let's meet in the hotel coffee shop.）

B：好。幾點？

（Good. What time?）

A：10:30 對我來說最好。

（10:30 is best for me.）

B：好，下週見。

（Good. See you next week.）

A：再見。

（See you.）

當你們談到具體買賣的內容時，就會有如下的對話過程：

A：您想要哪個型號？

（Which model do you want?）

B：我認為 A3312 那個型號是最合適的。

（I think the A3312 is most suitable.）

A：你說得對。根據你剛才說的功能需求，A3312 是最合適的。

（You're right. Based on what you just said about your
needs, the A3312 is most appropriate.）

B：如果要買 5 個，多少錢？

（If I buy five, how much is it?）

A：單價 235 元，如果你買 5 個可以給你優惠，一共 1,000 元。

（The unit price is 235 yuan, and if you buy 5, I'll give
you a discount, 1,000 yuan for the lot.）

B：哦，這樣算是 200 元一個，對嗎？

（Oh, that's 200 each, right?）

A：是。85 折。

（Yes. It's a 15 percent discount.）

B：你們有藍色的嗎？

（Do you have them in blue?）

A：有紅色和綠色，目前藍色賣完了。

（We've got red and green. The blue ones have sold out.）

B：好，那我買 5 個綠色的吧。

（OK, then I'll take five green ones.）

從這兩個例子當中，你會很清楚地看到，許多商務溝通都圍繞著地點、時間、路線、數字、價格、顏色、大小、重量等方面的內容，這個和一般的日常溝通沒有任何本質上的區別。所以，如果忽視日常英語的累積，商務交流肯定不行。

談判和成交

其實，談判和成交也離不開日常溝通的規律和範圍，例如你可以同意對方提出的條件、價格、送貨期等，也可以不同意。有時候你會勉強同意，同時要表達不太喜歡，並且希望對方可以做出改變來讓你滿意。在談判的時候，大家會經常走進條件性的溝通，例如「如果我們滿足條件 A，你會同意價格 B 嗎？」這個在結構上與「如果我能過來，你會跟我一起看電影嗎？」沒有任何本質的區別。

　　再例如，在商務談判中，我們經常會聽到：「Give me a ball park figure.」這句話。首先這句話是日常英語，它是一種委婉詢問預算的方式。同時，這裡面也包含了一個比喻，因此我們要順便提一下比喻。ball 是球，park 是場地，give me 是給我，figure 是數字的意思。你並不是在談娛樂，也沒有做球場生意，為什麼不同國家的外國人，都會在商務談判中問你這句話呢？西方人習慣用 ball park ——球場的概念，來比喻價格的範圍，就是在問對方將報價大概限定於哪一個範圍，是「萬」、「百萬」或「億」？目的是要搞清楚，大家的談判是否可以在同一個範圍內進行。

　　比喻不僅在商務溝通中很常見，在日常的溝通中同樣常見。上面的這個例子顯示，在道地的商務溝通中，預算的詢問也是日常外語和日常外語的比喻。另外，在激烈的談判接近尾聲時，我們經常會說：「Let's compromise.」（讓我們各退一步吧。）就連這句重要的談判用語也是日常用語。假如是在家裡，你跟太太對於一個觀點不太一致，最後一定會有其中一個人笑著說：「我們不如各退一步吧，或者折中一下如何。」於是問題自然順暢地解決了。

　　因此我們不難看出，從溝通的本質上，包括交流過程中所運用的詞彙和語言邏輯，談判和成交用語跟日常外語沒有本質的區別，主要的一點點分別在於一些具體物品的名稱、數字的大小，和行業內的一些特殊條件而已。

▲ 談判用語跟日常用語本質上沒有區別。

由此，我們也可以得出結論，商務溝通中的主體就是日常外語，做為不同行業，只需要補充這些行業的專有名詞即可。因此，所謂商務外語就是「日常外語＋不同行業的詞彙＋商務詞彙」而已，可以簡稱為「日常外語＋＋」。

日常能溝通，為什麼聽不懂商務英語？

看到這裡，你的心裡應該有數，為了能夠用英語進行商務溝通，必須掌握好日常英語，如果日常英語沒有學會，那麼商務英語肯定是一鍋粥。可是，有不少人的日常英語很不錯，但遇到商務英語的時候，卻發現自己有很多地方聽不懂。這是為什麼呢？為了了解及探討這個問題的本質，我們現在一起看看一篇商務新聞吧。

這則新聞來自美國一個財經網站報導，如果你的英文水準還不錯，可以儘量讀讀看，如果你的英語程度幾乎為零，那麼簡單瞄一眼即可：

NEW YORK (CNN Money) — Stocks are in for a major reality check this week, with the jobs report for June on tap for Friday.

Stronger-than-expected manufacturing data helped stocks log the best weekly gains in two years last week. But stocks had been mired in a slump throughout May and June, as a series of economic reports showed the economy was not growing as fast as investors hoped.

June's employment report will be especially crucial as investors seek a fresh snapshot of the nation's employment picture, said Tim Ghriskey, chief investment officer at Solaris Asset Management.

Weekly unemployment filings, which serve as a real-time indicator for the job market, have come in above the critical 400,000 level for the past 12 weeks. That prolonged weakness has dampened hopes for June's report.

Economists surveyed by CNNMoney expect the economy added 120,000 jobs last month. Typically, the economy needs to add about 150,000 just to keep pace with population growth. The unemployment rate is forecast to fall only slightly to 9%, from 9.1% in the prior month.

Market outlook: More turbulence ahead

"The May jobs report indicated that hiring was slowing, and we're hoping for a bounce, but employment numbers don't tend to turn on a dime like that," Ghriskey said. "Markets will be waiting for Friday's report to see what happened in the labor market last month."

Prior to May's disappointing increase of just 54,000 jobs, payrolls rose by more than 200,000 for three consecutive months. Investors will also be on the lookout for companies to make so-

called pre-announcements ahead of second-quarter earnings season. The season gets unofficially underway July 11, when Dow component Aloca reports results.

現在，我們好好分析一下這篇文章。我已經用不同格式標示出了不同詞彙，如下：

1. 底線表示名字或名稱（地址名稱、公司名稱、人名）。
2. **加粗**表示低頻率的英語日常單字。
3. *斜體*表示商務界和金融界常用的名詞。
4. 波浪線表示比喻，而比喻本身以日常英語單字為主。
5. 其他的都是日常英語。

NEW YORK (CNN Money) — *Stocks* are in for a major reality check this week, with the jobs report for June on tap for Friday.

Stronger-than-expected *manufacturing data* helped *stocks* **log** the best weekly gains in two years last week. But *stocks* had been **mired** in a slump throughout May and June, as a **series** of *economic* reports showed the economy was not growing as fast as *investors* hoped.

June's employment report will be especially **crucial** as *investors* seek a fresh snapshot of the nation's employment picture, said Tim Ghriskey, *chief investment officer* at Solaris Asset Management.

Weekly *unemployment filings*, which serve as a real-time **indicator** for the job market, have come in above the **critical** 400,000 level for the past 12 weeks. That **prolonged** weakness has **dampened** hopes for June's report.

Economists surveyed by CNNMoney expect the *economy* added 120,000 jobs last month. Typically, the economy needs to add about 150,000 just to keep pace with **population** growth. *The unemployment* **rate** is forecast to fall only slightly to 9%, from 9.1% in the **prior** month.

Market outlook: More turbulence ahead

"The May jobs report **indicated** that hiring was slowing, and we're hoping for a bounce, but **employment** numbers don't tend to turn on a dime like that," Ghriskey said. "Markets will be waiting for Friday's report to see what happened in the *labor* market last month."

Prior to May's disappointing increase of just 54,000 jobs, *payrolls* rose by more than 200,000 for three **consecutive** months. *Investors* will also be on the lookout for companies to make so-called pre-announcements ahead of *second-quarter earnings* season. The season gets **unofficially** underway July 11, when Dow *component* Aloca reports results.

　　看完不同格式的內容後，你會發現82％的內容全是高頻率日常英語，低頻率日常英語的詞占了5％，名字或名稱占了4％，因此，日常英語溝通綜合約占91％，而商務專用名詞只占9％。基本上，所有的商務英語皆是類似的比例，因此可以說商務英語就是「日常英語＋＋」。

　　從這個例子中你也會明白，為什麼人們懂了日常英語，但有時候覺得商務英語難懂。首先，如果你不知道一些專業名詞，這篇新聞會難懂一點，因為整篇文章透過這些單字傳達了一些核心意思。當然，這個問題好解決。首先，這些詞在整個句子裡總會出現在名詞應該出現的位置，因此你會知道，它是一個商務概念，加上對整篇文章的大概認識，你就不難猜出那些陌生的專業名詞代表什麼意思。當然，你也可以透過查字典來確認，通常這種專業名詞只有一個中文意思。

　　更重要的是，很多人看這樣的文章時，就會感覺到「單字懂，整個句子不懂」的現象，這個現象在亞洲人學英語的過程中是非常普遍的。「單字懂，整句不懂」這個情況的主要原因是不認識「英語比喻」的思維，或者可能甚至連「比喻」的概念都沒有。在上面提到的例子中，比喻在商務英語裡占了非常重要的部分，如果日常英語的高頻率詞不懂，那麼這些比喻也沒法懂，再加上如果不知道如何尋找比喻，並感覺不到比喻傳達什麼意思，商務英語肯定難懂。想深入了解上述文章的含義，請參考：www.kungfuenglish.com/121。

　　如果你想透過影片詳細了解商務英語就是「日常英語＋＋」的

原理，請參考：www.kungfuenglish.com/120。

　　商務英語與日常英語大同小異，為了掌握商務英語，我們無法離開日常英語。為了成功地學會商務英語，一定要懂得踏實積累日常英語、深入學習日常英語的比喻。學習的速度，取決於方法是否科學正確。

　　這一部分主要以英語為例，其實任何外語的商務話題主要內容都是日常交流的外語內容，任何行業的溝通，除了一些特殊的商務詞彙、行業內的詞彙外，全部是用日常用語來進行的。因此，學好日常英語或任何一種外語的日常用語，是用外語進行商務溝通、行業溝通不可缺少的基石。要想在商務交流中綻放自己的外語溝通才華和魅力，請首先把日常用語練得精通，這樣的基礎是保證你清晰表達出自己的意思，展現商務溝通魅力的前提。

結語

你能學會任何一種外語！

　　我曾經說過，任何一個大腦健全的人，都能在6個月內學會任何一種外語，唯一的前提是使用科學、正確的方法和工具。

　　其實，放眼全球你就會自然發現，世界上所有人，包括智商一般的人，都在出生後自學了一種或多種語言。既然如此，我們可以肯定地說，學會一種外語沒那麼難。既然學會一種語言的思維和態度已經在我們的基因裡，只要再次發揮自己的智慧和潛力即可。

　　曾經的錯誤學習方法，可能干擾了你對自己學習能力的評價，阻礙了你進步的速度。我希望，你能透過這本書找到希望，明白自己需要用什麼樣的態度和具體方法來跨越學外語的難關。無論你想學英語、法語、西班牙語，還是日語、韓語等，我希望你能利用本書的學習方法、心理戰略、行動計畫等，實現自己學會外語的目標。

　　為了把這本書寫得盡可能簡短，我不能把所有的內容都放進去。但是，我希望跟你建立長期的交流和往來，無論你有進步的體會還是學習的問題，歡迎你透過新浪微博「@功夫英語之龍飛虎」與我聯繫，或者你也可以寄電子郵件聯絡我：book@kungfuenglish.com。

　　為了真正學會外語，除了方法，每個人必須懂得為自己找到合適的工具。我在本書中引用功夫英語中的 FaceFonics™、節奏英語歌等，是因為這些工具符合我所提到的方法。當你懂得這些方法後，

使用這些有效的工具，就能感受到自己的英語在明顯快速地進步。
我也計畫在新版書中持續推薦符合科學方法的外語學習工具，如果
你有任何符合本書方法的外語學習工具，可以透過電子信箱與我聯
繫：product@kungfuenglish.com。我們經過認真評估，確認你或你
所推薦的外語學習工具真正符合大家快速學習的需求後，我會在自
己的新浪微博做推薦，也會在新版書中進行推薦。

　　祝你的外語學習之旅成功、愉快！

了解更多關於作者及本書

〈如何在 6 個月學會任何一種外語〉
TEDx 演講影片（英語版）
www.kungfuenglish.com/101

騰訊專訪作者影片
www.kungfuenglish.com/104

《龍飛虎講功夫英語》播客
www.kungfuenglish.com/123

Easy 輕鬆學　輕鬆學系列 037

6 個月學會任何一種外語

3,000 萬人證實有效，國際語言學權威教你超速學習，半年從不敢開口到流暢表達
6 个月学会任何一种外语

作　　　　者	龍飛虎（Chris Lonsdale）
封 面 設 計	比比司工作室
內 文 排 版	許貴華
主　　　編	陳如翎
行 銷 企 劃	陳豫萱・陳可錞
出版二部總編輯	林俊安

出　版　者	采實文化事業股份有限公司
業 務 發 行	張世明・林踏欣・林坤蓉・王貞玉
國 際 版 權	鄒欣穎・施維真・王盈潔
印 務 採 購	曾玉霞・謝素琴
會 計 行 政	李韶婉・許俋瑀・張婕莛
法 律 顧 問	第一國際法律事務所　余淑杏律師
電 子 信 箱	acme@acmebook.com.tw
采 實 官 網	www.acmebook.com.tw
采 實 臉 書	www.facebook.com/acmebook01

I　S　B　N	978-626-349-127-4
定　　　價	380 元
初 版 一 刷	2023 年 1 月
劃 撥 帳 號	50148859
劃 撥 戶 名	采實文化事業股份有限公司
	104 台北市中山區南京東路二段 95 號 9 樓
	電話：(02)2511-9798　傳真：(02)2571-3298

國家圖書館出版品預行編目資料

6 個月學會任何一種外語：3,000 萬人證實有效，國際語言學權威教你超速學習，半年從不敢開口到流暢表達 / 龍飛虎 (Chris Lonsdale) 著 . -- 初版 . – 台北市：采實文化事業股份有限公司，2023.01

256 面；17×23 公分 . -- (輕鬆學系列；37)

ISBN 978-626-349-127-4(平裝)

1.CST: 語言學習 2.CST: 學習方法

800.3　　　　　　　　　　　　　　　　　　　　　　　　111019861

Easy
輕鬆學